♫ももも〜もも　もももも〜も〜

悪魔の夜鳴きそば

もちぎ

マガジンハウス

contents

プロローグ

東京都港区、虎ノ門。
虎ノ門ヒルズを筆頭に、いたるところに荘厳な建物と高層ビルが立ち並び、夜になれば赫《かく》赫《かく》とした東京タワーが遠くに輝く、東京の代名詞のような街。
ビジネスタワーだけでなく大使館や官庁棟を構えるなど、日本の政治と経済を動かす都心の心臓部の1つであり、そこに通勤する者たちの顔ぶれや背格好もエリートたちの風格を見せる。
また、ビルの隙間を抜けていくと美術館や音楽ホール、愛宕《あたご》神社に行き着くような文化的な側面も持ち合わせており、やっぱり港区、非の打ちどころねぇなって感じるエリアなのである。

そんな華美でハイソサエティな街に、どうやら一時期まったくもって似つかわしくない、素っ頓狂なチャルメラが鳴っていたそうだ。

♫ももも～ももも、もももも～も～

深夜11時——といっても、まだまだオフィスの灯りが眠らないこの街で、1台の屋台そばのリヤカーが陽気な音を鳴らしながら練り歩く。

醤油と背脂の香ばしい香りを巻き立てながら、腹を減らし、そして心をすり減らしたお客を探すべく夜道を凱旋《がいせん》する。

そのラーメン屋の屋号は「悪魔の夜鳴きそば」。

店主はオネェ口調で話す、「餅の妖精」を名乗る生き物だった。

らぁめん
らぁめん

ぐつぐつ
らあめん
めにゅ～
おはし
さて開《ひら》きますか。

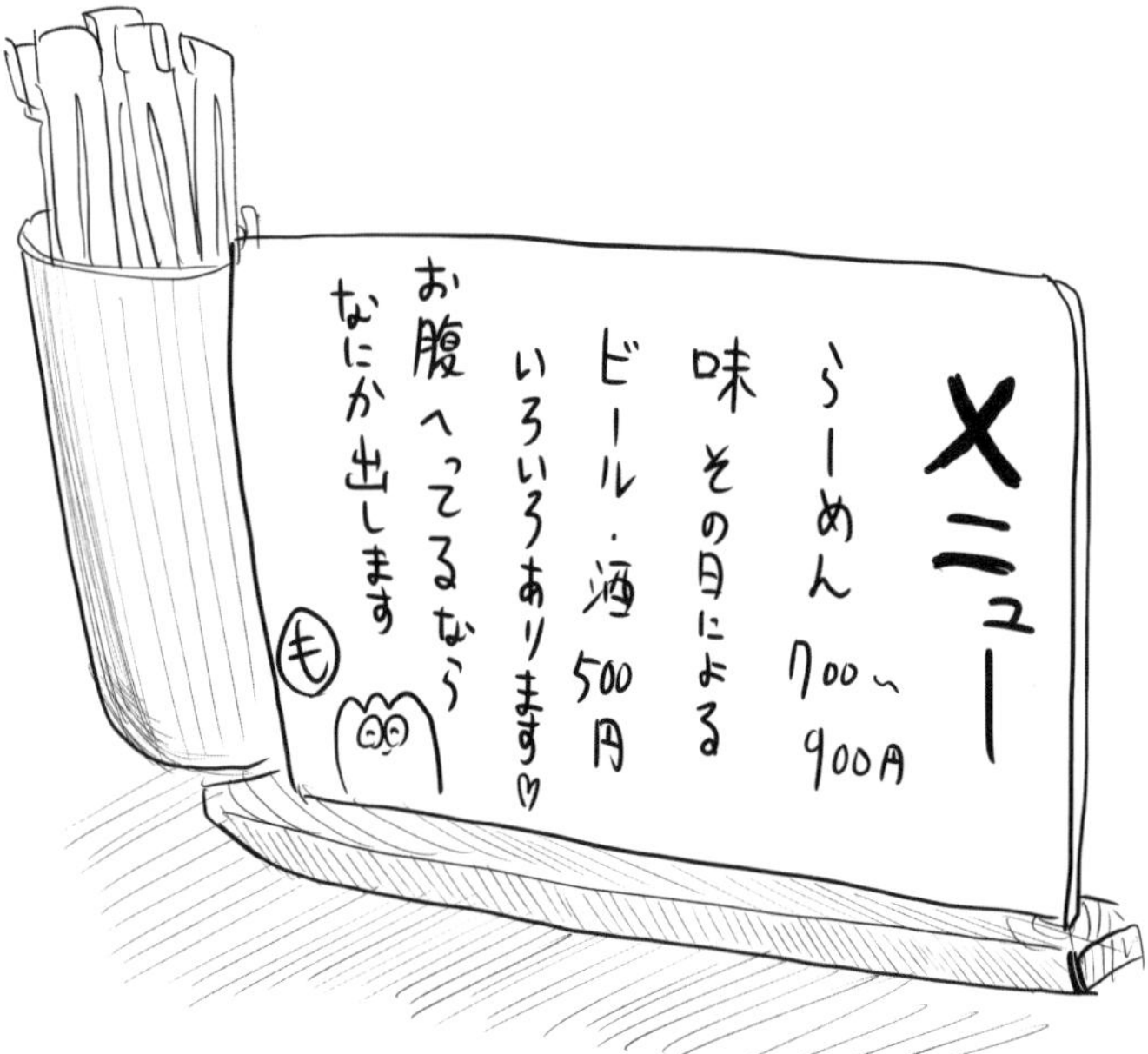
メニュー
らーめん 700～ 900円
味 その日による
ビール・酒 500円
いろいろあります♡
お腹へってるなら
なにか出します
も

0地点

なんかうまくいかない日々

「だからさぁ、言ったでしょう。『あなた今日大丈夫？』って」

今日も上司の嫌味たらしい叱責が飛んでくる。


その日はなんだかついてない日だった。

ルームサービスに向かう途中、ドジって壁にぶつかってしまい、シャンパングラスを１つ割り、サーブしようとした料理のソースを盛大にこぼした。おかげで宿泊者が指定した時間どおりに料理が提供できず、迷惑をかけてしまった。

インバウンドで来ていたそのお客さまは、必死に頭を下げる私を見て、

「お嬢さんに怪我《けが》がなかったのなら、いいんですよ」

と、優しく気遣ってくれた。

だけど、ひねくれた私には、27歳にもなる自分がお嬢さんだなんて気恥ずかしく感じた。それだけ私は、落ち着きも貫禄もない、そして頼りない風体《ふうてい》ということなんだろう。

「今日もまた新人みたいなミスしちゃって、ほんと呆《あき》れるわ」

「はい……。気をつけます」

「返事だけはいいんだから」

上司は大きくため息をつく。

「あなた、出勤した時から覇気《はき》がなかったのよね。職場に着くやいきなり今日の退勤時間までカウントダウンしてるみたいな、やる気のないアルバイトみたいだったわ。わかる？　帰りたいって顔してたの」

「してました？　私が？」

「してたわよ。いちいち人の言うことに反論しないの。してたから言うんでしょうが」


ここは虎ノ門付近にある高級外資系ホテルのレストラン、のバックルーム。

私はここでルームサービス担当のホテルマンとして働いている。

上司はパソコンでサーブの予定を見ながら、こちらに目もくれずにネチネチと叱責だけを漏らしていた。

「あなたもうここに来て4年目でしょう？　いつまで新人みたいなことしてんのかしら。そろそろシャッキリしないと後輩の子たちに抜かされるわよ、ほんと」

そう言って彼は首を動かす。視線の先にはパントリーの仕事を手伝う私の後輩がいた。

「みっちゃん先輩、今日も怒られてましたね。どんまいです」

上司の嫌味をひとしきり聞いた後、私は後輩と一緒にナプキンをたたみながらルームサービスの注文を待つ。

「うん、まぁ慣れっこ」

「いや、慣れちゃダメっしょ」

後輩は私を心配しつつも、テキパキと手を動かしている。私はそれをボーッと見ていた。

愛想がよく、仕事もできてまわりに認められ、しかも年下で後輩。

そんな君に慰められても、私がますますみじめになるだけで悲しいよ、なんて言えない。

「今日、まかない食べていきます？　シェフがパスタ茹《ゆ》でるって言ってましたよ。あと予約キャンセル分のケータリングのスイーツもありますし。豪勢に食べてから上がりましょうよ」

「ううん。私は……なんか食欲出ないし、いいや」

慎ましくそう伝えるが、ほんとはこの職場では、明るい気分にも食事する気分にもなれないからだった。仕事もできないくせに一丁前に食べるやつだとみんなから思われそうな気がして、怖かった。

「私の分も食べていいよ。若いんだからいっぱい食べな」

と後輩に言い渡す。

「いや、自分、みっちゃん先輩と3歳しか変わらないですし」

後輩はケラケラ笑う。私は先輩ヅラしても笑われてしまう自分が情けなくなった。

なにをするにも必死で余裕がなくて、なのにいつも抜けていて仕事もミスするし、上司にはお前はやる気がないって決めつけられる。

みんなにきちんとしてると思われたいのに、後輩にすらどこか薄《う》っすらナメられる子どものような27歳。それが私。

人々を笑顔にする仕事をしてるはずなのに、お客さまには苦笑いされ、同僚には嘲笑される。

ああ、ほんと人生空回りばかり。

いいことがあって調子に乗っていると、すぐに失敗して自分の無能さ加減に嫌気が差す。

そのくり返しで、もう自信も気力も湧いてこない。

みっちゃん先輩こと、私、満内《みちない》ミチコ。

悲観主義の、たぶんちょっとできないほうの普通の社会人だ。


どうして意地を張って食べないと言ってしまったんだろう。

まかないを食べずに退勤してしまったので、夜道を歩く私のお腹は切なく絞められていた。

虎ノ門を彩る灯りは、オフィスや私に縁のないレストランばかり。

高級レストランを併設するシティホテルで働いてるのに、プライベートでそんな高価なものを食べることができないだなんて、まるでチョコレートの味を知らないカカオ農家の人みたいだ。

いや……私の場合、シェフがつくる料理をまかないで食べさせてもらうこともあるので、実際にはその味を知っているのだけれど、入社したころほどの感激を、もう私は思い出せないのだ。

味に慣れてしまったのではなく、きっと料理の味に専念できるほど、無邪気で純粋じゃなくなってしまったから。


大人になってからはずっとどんなときでも、夏休みが終わる1週間前なのに宿題をやっていないような、嫌なことや問題を先延ばしてきた焦りと、ちょっぴり泣きそうなくらいの不安を抱えて生きている心地がする。

焦燥感と倦怠《けんたい》感。


がんばりたいし、がんばらなきゃならないのに、どうせ無理だと思ってしまって体が動かない。

苦境や現実をじっと耐えているだけ。

現状を変えようとはせず、文句ばかり言っている私は、まるでまだ子どもみたいだ。

まわりの元同級生や同年代の友だちには、子どもを授かって育てている子もちらほら現れ始めているというのに、私はいったい、いつになれば自分以外の面倒を見られる大人になるのか、まったく見当もつかない。

歳を取ったのはカラダだけ。

気持ちが追いつかないうちに大人という生き物になってしまった私は、いつまでも新人気分だと上司に怒られているのも納得かもしれない。


「はぁ〜〜……」

少し大げさにため息をつく。

そして今日も相変わらずついていない日。

私は下を見ながら、いつも歩く駅への道をとぼとぼと進んだ。


そのとき、なぜ今まで聞こえていなかったのだろう、と思うくらいの滑稽な音が耳に響いてきた。

♫ももも〜もも、ももももも〜も〜

チャルメラの音、だけどすごく奇妙な。

多分、男性の声だ。

私は頭を上げる。

東京タワーの真っ赤なライトアップを背に、湯気の柱が1本立ち上っている。

その麓《ふもと》には、昔懐かしい木材でできた屋台が1軒、いつの間にか停《と》まっていた。


「屋台そばだ」


私はつい独り言を漏らす。

フワッと秋風が吹き込んで、その香りが私の鼻腔《びこう》をくすぐった。

おいしそうな醤油ラーメンの匂いだった。

普段ならきっと、目もくれずに通り過ぎるだろう。

だけど、私の足は店に向かっていた。

滅多に見ない屋台そばという場所が、今のささくれだった私にはまるで給水所のように見えたのだ。

「あの、いいですか」

その屋台には誰もお客が座っておらず、ぐつぐつと煮える寸胴の音だけが、静謐《せいひつ》な路地に響いていた。

「1人なんですけど……」

私は暖簾《のれん》をくぐって、店主に指を1本立てる。

そこにいたのは、

「や〜ん、いらっしゃ〜い」

オネェ口調で話す男性――らしき、白い物体。

成人男性並みの背丈がある、はんぺんの妖怪みたいな、謎の生き物がそこにはいた。

――ば、化け物だ。

私は見ないふりして踵《きびす》を返そうとしたが、

「お待ちぃ！」

と、雄叫《おたけ》びのような声が飛んできたので、蛇ににらまれた蛙のように固まった。

「あんた、お腹空いてるんでしょう。顔色も悪いわよ」

彼は暖簾から上半身をぬるりと覗《のぞ》かせた。

真っ白なプルプル揺れる肉体に、ぎょろっとした大きな目ん玉が2つついている。

「だ、大丈夫です。いつもこんな顔です」

震える声でそう伝えると、

「そうなの。普段からキチンと食べてないの？」

と、心配するように聞いてきた。

「まぁ、忙しくて夜は、あんまり」

まさかの親身な質問に、私は拍子抜けしつつもなぜか答えてしまった。

「あらまぁ。じゃあ、今日くらいは食べていかない？　たまには胃袋にあったかいもの入れな。そのほうが体も楽になるわよ」

まるでお母さんみたいな口ぶりで。

普段こうも心配されることのない私は、この謎の生き物の厚意を無下にするのもなんだかいたたまれなくなって、屋台のほうに戻ることにした。


「……ねぇ、店長、それ着ぐるみ？」

私が席についてそう漏らすと、彼は体を左右に揺らしながら鼻で笑った。

「違うわ。ただの美しい餅の妖精よ。なぁに？　今まで妖精は見たことないの？」

そう言って彼はにっこりと微笑む。

……私はまぁそういうこともあるか、と思いながらラーメンを注文することにした。

疲れているので深く考えたくないのだ。きっとあれだ、今、流行りのユーチューバーとかが『リアルな餅の着ぐるみでラーメン屋を営業してみた』とかやってるんだろう。

そう自分の中で結論づけて料理を待つことにした。

……いや、そんな企画、誰が見るんだろう。


ぐつぐつぐつぐつ。

ジャグジー風呂のように水泡が湧き起こる音だけが響く。

白い餅の背中から見える東京タワーを眺めながら、私は手持ち無沙汰《ぶさた》から会話を投げかけた。

「ねぇ、店長さん」

「かしこまらずに、気軽にもちぎママってお呼び」

「あっ、うん。ねぇ、もちぎママ、この店いつからあったの？　私、4年も虎ノ門で働いてるけど、屋台そばなんて初めて見た」

彼は、粉のついた麺をジャッとお湯に放り込む。

沸騰に巻き込まれた麺が寸胴の中を踊っていた。

「昨日からここに出し始めたのよ、久しぶりにね」

「久しぶりってことは、前にもここでやってたこともあるんだ」

「そうね……ずっと前だけどね」

「ふーん……」

「屋台だからね、いつもフラフラといろんなところに行って営業してんのよ。あんた、今日はここに来られてラッキーよ」

「う、うん。……でも、虎ノ門じゃあまりお客さん来ないでしょ？」

するともちぎママは、まな板の上に横たわる細ネギをトントンと包丁で切り落としながら、首を横に振る。

「そんなことないわよ。あたいの店はお客がいるところにしか開かないから」

「どういうこと？」

飲み屋街のほうがお客なんてたくさんいるだろうに。

いまいち要領を得なかったので聞き返す。

「あたいの店はね、お腹と心がペコペコになった人間のもとにしか訪れないって決めてるの。だから今日、あんたがこの店を見つけてこられたのは、偶然じゃなく必然ってわけよ」

「フゥン……」

「あんた信じてないでしょ」

ママはジロリとこちらを睨《ね》めつける。

「信じますよ。餅の《妖怪》がいたんだから、もうちょっとやそっとじゃ驚かないです」

私はもうヤケクソでそう答える。

湯気越しに間近でもちぎママを眺めていると、その白い肉体はどう見ても着ぐるみじゃないようだ。こんなことあり得るのだろうか。だけど、だんだんこれが現実なんだと飲み込まざるを得なくなっていた。

きっと私は、最近とくにダメダメな毎日で落ち込んでいたから、陰気なオーラで妖怪を呼び寄せてしまったのかもしれない。

「餅の《妖精》だからね、妖精。間違えちゃダメよ。なにもあんたの魂を奪いにきたわけじゃない。元気が出るきっかけを与えにきたオカマなのよ」

店長は冷蔵庫からチャーシューを取り出す。鶏胸肉のチャーシューのようだ。夜食にはヘルシーでありがたい。

「だから、他のお客はここには近づいてこられないわけよ。悩みと空腹を抱えていないかぎりね」

「不思議なお店。でも大丈夫なの？　お客さんが少なくても……」

「いいのよ。落ち着いたほうがゆっくり食べられるでしょう。それに、もしあたいがいろんなお客を呼びこむようにしてしまったら、大変よ」

「なんで？」

「考えてごらんなさいよ。きっとあたいの美貌を目当てに連日連夜、行列ができるわ。そうなったら街が大変になるじゃない。あたいの美しさは東京タワーを霞《かす》ませてしまうわ」

お腹が減ったが、この妖精の減らず口を聞いていると、待ち時間がつぶせてよかった。

それからすぐにラーメンが私の前に運ばれてくる。

鶏チャーシュー、少量のやっこネギとどっさり白髪ネギ。あとはメンマと海苔《のり》に、すりごまが少し散らされた具材たち。その隙間からたんぽぽ色のきれいな中太麺と、透き通った淡麗醤油のスープが覗いている。

「召し上がれ」

「……いただきます」

私は湯気の立ちのぼる器に、そっとレンゲを落とす。すくい上げたスープに浮いた脂を、火傷しないように吸い上げる。

ずずっ……。

緊張していたような気持ちも、乾いた喉も、それだけでホッとした。秋のそぞろ寒さを吹き飛ばすような、そんな温度が体に伝わってきた。

「おいしい……」

「あら〜、よかった」

またぐつぐつと沸騰する音だけが響く。経年劣化した屋台の木製ベンチがきしむ。お尻の骨も痛むくらい、硬い座り心地も新鮮だった。なんだかすべてが居心地よく感じた。

もうあと1時間半ほどで明日に日付が変わるというのに、どうしてだろう、明日が来ないような気がした。夜がどこまでも続くような、そんな気持ちになった。

ああ、おいしい。

「もちぎママ、ほんとおいしい。うん、おいしいよ……」

カチャカチャとザルや菜箸を洗う彼の白い後頭部に、そう投げかける。

あったかいのはスープだけじゃない。この静かな空間そのものが、暖房もないのに暖かく感じる。

ちょろいだろうか、私はもう安心しきっていた。

こんなにおいしいラーメンを出してくれたなら、この妖精と言い張る生き物が悪いやつじゃない気がするのだ。

それから私は、ラーメンに目を落としながら、フゥとため息をついた。

「私、幸せになりてぇ……」

……やってしまった。

ふと、そう漏らしてしまった。

まるでその台詞《せりふ》は、敗北に打ちひしがれて「強くなりてぇ……」と嘆く、少年漫画の主人公みたいだった。

それに、そこそこ大きな声でつぶやいてしまったので、もちぎママの耳にも届いただろう。

おセンチな独り言をつぶやく、ちょっと痛い女だって思われたかもしれない。

とたんに恥ずかしくなって、急いで麺をすすって大げさに音を立てた。

「ごほぉ」

むせた。

すると、もちぎママがそっとお冷やを注いで出してくれた。

そして彼は口を開いた。


「幸せになりたいなら、なりなさい」


わりと辛辣《しんらつ》だった。

私は驚いて、水すらもむせてしまう。

「えぇ、ねえ、待ってよママ、なんでそんなふうに突き放すのさ！」

「あんたが幸せになりたいって言うから、あたいはなりなさいって言っただけよ」

「それが冷たく聞こえるよ。お冷やよりも冷たい。びっくりしちゃった」

「そうね、今のあんたには冷たく聞こえるのかもね」


そう言って、彼は空になった私のグラスにお冷やを注ぐ。

「私、ゲイバーとか行ったことないけど、こうもっとさ、オカマの人って親身にアドバイスしたり、ズバッと道を示してくれるようなもんじゃないの？」

するど、彼は私の問いかけを鼻で笑った。

「オカマもいろんな奴がいんのよ。幻想は捨てなさい」

「そ、そうなんだね……」

「それにオカマと使っていいのはオカマだけよ。オカマはね、プロのゲイのみが自称で使える称号なのよ。うふ」

「あ、じゃあ、オカマって言わないほうがいいんだ、ごめんなさい」

「いいのよ。よく思わない人もいるってだけで、あたいは大歓迎。あたいらのようなプロのゲイのことはオカマさんって褒めてちょうだい」

「わ、わかりました……」

言っていることはよくわからなかったけど、私は頷《うなず》いた。

どうやら彼は、相談に対して答えを示してくれるような感じの人ではないみたいだ。

だけど私のことを馬鹿げた人間だと一蹴《いっしゅう》する様子もなく、ただじっと夜景を眺めている。

私がラーメンを食べ終えると、もちぎママは「お腹が落ち着くまで、ちょっとゆっくりしてってもいいのよ」と言ってくれたので、少しだけ居座らせてもらうことにした。

「……ねぇ、もちぎママ、さっきの話だけど、ここには悩みのある人しか訪れることができない、って言ってたでしょう？」

「そうよ。そういう契約でこの屋台を借りてるからね」

「誰から？」

「オカマの神さまから」

私はスルーすることにした。

「ちょうど私もいろいろ悩んでたんだ。もう……どこから手をつけていいかわからないくらい、たくさんのこと」

「あらあら。話せそうなことなの？」

「……わかんない。今まで家族にも相談事なんてしてきたことないし」

だいたい私は、何を悩んでるのかうまく言語化できたためしがない。

……思いをきちんと言葉にできるなら、普段から人に頼れる人間なら、こんな不器用な生き方をしてはいないだろう。

「ま、家族だからこそ話せないこともあるわよね」

ママがうつむく私に投げかける。

「うん。それに私、相談するのも、愚痴を吐くのも上手じゃないかも。SNSすら使いこなしてないし、友だちにも遠慮しちゃって、なにも話せないから」

「あらまぁ、相談下手さんなのね。1人で溜め込んでモヤモヤしたり、自暴自棄になったりするオカマに多いわ」

「うん……まぁ私はオカマさんじゃないけどね……」

もちぎママはフッと鼻で笑う。

「ところで、先に言っておくけど、あたいはただの屋台そばの店主ってだけだから、相談の内容によっては『専門家のとこに行きな』って言うわよ。

ただの素人が知ったかぶって人生相談になんでも答えて、お門違いな道をうながしちゃったりしたら危険だからね」

「だ、大丈夫だよ。そんな重い話するわけじゃないから！　多分」

「あら、そう？　もし重い痔でも抱えてたなら、行きつけの肛門科を紹介しようと思ってたのに」

「そんな相談しにきたわけじゃねーわ」

私は思わずツッコんだ。


「……ただね、もちぎママ。ほんと漠然とした欲なんだけど、私……自分が幸せになりたいってことはなんとなくわかるの。けど、何が幸せかは正直わかってないし、どうすればいいかもわからない。

私、自分のこと不幸とまでは思わないけれど、とにかく不満まみれなの。

もっと不幸な人からすれば十分幸せに見えるのかもしれない……。でも、私は満足できないよ、自分の現状に。私だってちゃんと幸せになりたいって思う。……こんな駄々みたいなこと言われても困るよね。

でもそれが今の……いや、私がずっと抱えてる悩みなの。しょうもないことでごめん」

私が意を決してそう愚痴る。

自分でも言ってることが支離滅裂だな、と感じる。だけどこれが私の精一杯の気持ちだった。

幸せになりたい、ちゃんと満足できる人生を歩みたい。

すると彼は出店の棚から1升瓶を取り出して、お銚子にトクトクと注いだ。

「あんたも飲む？　1杯サービスするわよ」

「……いいの？　私、こういうところでお酒飲むの、なんとなく憧れだったんだ」

私はありがたく頂戴《ちょうだい》することにした。

昔から
私は
「いい子だね」
としか
褒められた
ことがない
満内　ミチコについて
とりあえず
やることを
やれば
満点をくれる
幼少期と違い
先生
通知表
5-2 満内
中学
高校と
年齢が
上がるにつれ
あれ……?
けっこう
勉強したのに
な……
テスト
75
もしかして
私……
普通に
才能ないんじゃ

そう
私は
普通だった

普通に
ダメで

普通に
失敗するし

たくさん
努力して
ようやく
まわりに
追いつけるような

普通の
みっともない
人間だ
こんな
普通な悩み

悩みって
言って
いいん
だろうか

ときどき毒、吐きに
きたほうがいいわよ

1杯目　幸せになりたい

「ま、あんたの身の上から聞き始めてもいいけど。でもさ、会ってすぐのオカマに悩みや半生なんて語りづらいでしょ。それに今まで相談せずに溜め込んできたような人間に、悩みを話せだなんて、自転車すら乗れない人間にバイクに乗れっていうもんよ」

「それは別に免許あったら乗れるんじゃないの……」

「んもう、たとえよ、たとえ」

ママは私が憮然《ぶぜん》と持っていたお猪口《ちょこ》に乾杯する。

「……あたい思うのよ、幸せになりたいって欲には2種類あるって」

ぬるめの燗《かん》で日本酒をスイスイと呑むもちぎママ。私もお猪口に口をつけるが、キリッとした辛口の味が喉に抜けてくるので、これを水のように飲むにはたくさん飲み慣れないと無理だろうなと思った。

「えっと、2種類って、どういうこと?」

「それはね、《自分の力でどうにか幸せになりたい》っていう渇望と、《誰かに自分のことを幸せにしてほしい》と願う願望ね」

「……」

私は口をつくんだ。

自分で幸せになりたいと思うか、人に幸せにしてほしいと思うか、か。

私は今までどっちの意味で言っていただろう。

「そういえば、あんた名前は？」

「ミチコ」

「じゃあ、みっちゃんね。みっちゃん、あんたの幸せになりたいって気持ちは、どっちだと思うの？」

私は少し考えるふりをした。

《ふりをした》というのも、考えてもきっと私自身そんなことわからないだろうし、はなから言えるような答えは決まっているから。

「私は……もう大人だし、自分でどうにかしなきゃって思ってきたから、だから、えーと、自分で幸せになりたいと思う側の人間……なのかな？」

自信なくそう答えた。

もちぎママは頷《うなず》く。

「ま、どっちでもいいんだけどね。正解があるわけじゃないから。だってどっちにしても幸せになりたいって欲には変わりないでしょ？　とにかくみっちゃんから『不満まみれな状況から逃げ出したい』って焦りが見られてよかったわ」

「なにそれ」

私はおちょくられてるのかと思って、彼を細目で睨めつける。

だけど、内心ホッとしていた。人に幸せにしてほしいと言ったら「なんてダメなやつなんだ」と怒られそうな気がしたから。どうやら彼は私を試しているわけではなかったようだ。

「焦りって『まだ変わりたい』って思うから湧いてくるエネルギーみたいなもんよ。不満もそう。希望があるから湧いてくる『よりよく生きたい』って気持ちなの。まずそれがない人間に他人がなにか言っても変わらないからね」

うーん、モノは言いようみたいだな、と感じた。

自己啓発書でも聞きそうな耳障《みみざわ》りのいい言葉だけど、でも崇高な希望と、焦りのような気持ちは天と地ほど違うように思える。

すると、ママはこちらを見てフッと笑みを見せた。

「みっちゃん、納得いってないでしょう。ま、あたいもいきなりそんなこと言われても受け入れられないし、何言ってんだって思うけどね」

「え、いや、そんな」

「でも、それも『きれいな希望』があるって思い込んで、それに引きかえ、自分は汚くて欲まみれだ、と感じるような潔癖症さんだからなのよ。

みっちゃん、あなたは誰よりも完璧主義できれい好きな子。だから生きづらいし不満が多いのよ。その肩の荷を下ろして生きればちょっと楽になるんじゃない？」

「わ、私が？　そうなのかな。だって事実、私はダメダメだし、まわりの人はきちんとやってるのに、私だけは全然なんもうまくできないし……。楽に生きろって簡単に言うけれど、ダメな私が気楽に生きたりしたら、無責任で最低な大人になっちゃうよ」

私の反論を聞いて、ママはまっすぐこちらを見ながら頷く。

「そうね。でも、みっちゃんの言う《気楽》ってのは、ダメな自分から目を逸《そ》らそうとすることじゃない？　つまり臭いものには蓋《ふた》っていう迷惑型ポジティブよ。

これは気楽なんかじゃなく、楽をするためにまわりに責任を押しつけてるだけ。そうはなりたくないから悩むし、苦しむし、うまく生きたいって思うのでしょう？　あきらめてそっちの道に進んじゃダメよ」

迷惑型ポジティブ。言い得て妙だ。確かに私はダメだからいいや、なんて、人生をあきらめられない。だから焦りを感じているんだ。

「でも、自分がポジティブに生まれ変わる必要なんてないの。ネガティブを抱えたまま自分を愛するようになればいい。ネガティブな面がない人は無思考なおバカさんってことだし、ネガティブとは『よく考える』ってことなの。つまりみっちゃんはこれから、ネガティブとともによりよく生きられるようにしていくのよ。とにかく気構えずにのんびり話しましょ」


「さて、さっきもサラっと聞いたけど、みっちゃんは自分で幸せになりたいって言ってたわよね」

ママがキッチン台に腰を寄り添わせながら、のんびりと聞いてくる。

「うん。はやく一人前にならなきゃって思ってきたから」

「つまり一人前になって、なんでも自分でできるようになって、人に頼らずにすんだら幸せになれるって思ってたわけ？」

「……んん、いや、そういうわけではないけれど、でも、せめて人に迷惑かけずに生きられたら、こんな気分にはならずに生きられるかなって思うよ」

私がそう言うと、ママは腕を組みながら、

「ほらね。完璧主義よ。多かれ少なかれ人って迷惑かけて生きてんだから、その量を減らしたいって思っても、0は無理よ」と告げた。

そんなことよくわかっている。仕事をしていても、どんな人間でもミスはするし、私だって誰かのフォローに回ることがあるから。

だけど頭でわかっていても、心で認めたくない言葉に聞こえる。

だって私は少しでも人から疎《うと》まれると、楽しい気分も一気になくなってしまうような人間だから。せめて私はいっさいミスをしたくない。

……これが完璧主義だって言うのだろうか。

「あのね、みっちゃん、まずは『0と100はこの世に存在しない』って念頭に置かないと、肩の荷はいつまでも軽くならないわ。だって誰しもが責任やプレッシャーをゼロにして生きていくことはできないから。

肩の荷のどれを下ろして、どれを背負って生きていくかを選ぶの。もう楽になりたいって感じている人間には荷が重い話に聞こえるかもしれないけれど、ある種のあきらめや受け入れる姿勢が、あとあと気を楽にしていくからね」

ママはそう話しながら、クイっと杯を傾けた。

「さてと、聞いているかぎり、みっちゃんにはさ、こういうふうに生きたい――あるいは《ならなきゃ》って理想があるのよ。でも、それと今の自分を比較しているうちに満たされない気持ちになっちゃってモヤモヤしてるの、きっとね」

言い当てたような顔をしているママだけれど、私は首を傾《かし》げた。

「うーん、そうなのかな？　憧れとか、尊敬する人とか、そんなの別にいないよ？」

「ま、たいていの人間がそんなもんよ。明確な夢や目標もそうだし、趣味とか、熱中できる推しの人間を自分の中に持ってるほうがレアなのよ。でも、みんなざっくりとした理想はあるの。それこそみっちゃんが最初に言ってた幸せになりたいって感じのね。菩薩《ぼさつ》でもないかぎり人間にはもれなく欲があるのよ」

「まぁ……確かにそうだよね……」

確かになんとなく成功したいと思ってる人は多いけど、尊敬できる人物を胸に持ってる人は少ないだろう。

「でも欲はあっても無趣味とかで悩む人って多い気がする。なんか楽しいことしたいけど、なにもすることがないって人。ちゃんと熱中できる趣味や夢がないと、モヤモヤして生きちゃうよね。私も就活のときに悩んだなぁ、答えられる趣味がなくて」

「あら、そうなの。でも何事にもまったく無関心、ってわけじゃないでしょう？　あたいみたいな美人ママの店に訪れたくらいなんだし。きっとあたいに興味津々でしょう？」

ママは私に問いかける。確かにママがなんで餅の妖精なのかは気になるけども。

「うーん、一応英語の専攻で進学したってこともあるし、海外とか語学には興味あるけど……でも、人に言えるほどじゃないよ。仕事で最低限使える程度の英語しか話せないし、移住とか考えて本気でやってる人にはかなわないよ」

「そういうところよね」

「え？」私は首を傾げた。

「人には言えない、ってとこがモヤモヤの原因になってんのよ」

「どうして？」

「趣味も特技も目標も、ハードルが高すぎるからみんな自信をなくしちゃって《ない》って答えてるのよ。でも考えてみなさいよ、人って、生きてるかぎりはなにかしらに興味が出て好きになっていくし、なにかに憧れを持つし、必ず偏っていくものでしょ。それが個性ってものだから」

「みんな偏るってことは、普通の人はいない、ってやつ？」

「人と違うのが普通ってこと、よ」

ママは続ける。

「だけど個性を人より優れたものじゃなきゃダメだ、と思い込んでるから、人には話せないし尻込みして隠し込んじゃう。ただそれだけの話よ。ずっと何事にも無関心な人間なんてそうそういないの。

　みんな人と比べて負けてるだとか感じて、勝負するのも嫌になって無関心のふりしてるだけ。みっちゃんの語学力も、人より優れた人間になりたくて好きになったスキルじゃなく、ただの《好き》から身についたものだったんじゃないの？」

「……うん、まぁ、そうだけど……」

　私は頷いた。

「でしょう……まったく、みっちゃんもまじめすぎなのよ」

「そうかな」

「そうよ。誰にでも好みはあるけど、その好みすら誰かと比べたり、争うために使えちゃうのがまじめさんのおバカなところ」

「でも……まじめ、なのかな？　むしろそれで人をひがんだりするなら不まじめな気もする」

　私はママに反論するように意見を投げかけた。

「あら、考えてごらんなさいよ。すべての好みや選択に結果を求めようとしてるのよ。趣味ですら世間体っていう評価を気にしてるし、結果につながるかを考えてる。それも人に言えるようなキチンとした結果――まわりと比較できるなにかってことよ。まじめにも程があるでしょう」

「？　まわりと比較できるなにかって？」

「いっぱいあるじゃないの。就職や学歴のため、名誉や役職のため、お金や評価のためってやつよ。すべて結果につながるようにしなきゃって考えるから、自分やまわりを追い詰めるのよ。『お前は結果を出してない。この趣味は結果を出してない。自分は結果を出してない。立派じゃないものは恥ずかしい』ってね」

　確かにそれはわかる。大学ですら学問を志す場ではなく、就職のための訓練校だと揶揄《やゆ》される時代だ。

　結局、就職や社会的立場、さらには年収だとかいう世間的なステータスが目的だ、とされているところはある。

　私の場合、そこまで大きくは考えていないけれど、だけどまわりの評価ばかり気にしているのなら、みみっちい小規模なまじめ、なのかもしれない。

「……でもさ、ママ。あまりにも意味のないことしてたら、なんかやっぱりバカにされない？人生無駄にしてるって」

「みっちゃんにも、そう言われた経験あるの？」

ママに問われ、私は頷く。

「昔はピアノ習ってたんだけど、プロになって稼ぐわけでもないなら無駄だ、って中学のときに言われて、やめちゃった」

「じゃあ、バカにしてきたやつはすべての無駄を省いて生きてんの？　ってしばき倒せばよかったのに」

「いや、しばいちゃダメでしょ」

「言葉の綾《あや》よ」

綾どころじゃない気迫だったが、私はスルーした。

「そもそも人は生産もするけど、消費もして生きるものでしょ。いいのよ、なにも生まないことしてても。他人には見えていないだけで本人が満足していたり、いつか思わぬところでやっててよかったなって思えることもあるのに。

人に言えるような効率だとか成果だとかをまじめに考えすぎなのよ。みっちゃんも、そう言ってきた子もみんなね」

「……」

「社会や環境にどれだけ貢献できるかしか尺度がないから、自分にも人にも厳しくしすぎてる。そのバカまじめが行きすぎると、税金を支払ってる額とか、社会的立場とか、子どもの数だとかで人間の生産性を測りだす。それで『あいつはダメだ』とか『自分はダメだ』って思うようになんの。嫌でしょ、そんなエリート主義みたいなの」

「……まぁ、そうだね。そういう意味ではまじめ、なのかな」

納得いかないような私を見て、ママは肩をすくめる。

「いい？　みっちゃん。まじめな人でも相手を見下すし、自分や他人を傷つけられるの。だってまじめは正義、ではないからね」

私はゴクリと固唾《かたず》を呑む。

「学校ではまじめにやりなさい、って言うけれど、あれは今の社会や、多くの会社を回すために必要な《空気を学びなさい》って意味。よりよく生きろとは教えてくれてないのよ」

「あー、それは私でもなんとなくわかるかも。まじめはいいことだって言うけれど、上の人にとって都合のいいことでしょ、って思ってたもん。大人しい人間は面倒起こさずにすむから、先生や親にとって楽なんだろうなぁって」

とくに私は長女だったので、よくわかる。

妹や弟のためにも、早く手のかからない子になるように言われてきたから。

「あら、みっちゃん。わりとちゃんと言えるタイプの子じゃない」

「へへ」

ちょっとお酒で口が滑った節があるが、でも、ママは笑ってくれた。

「いわゆる社会の歯車ね。もちろん、そういったコツコツ仕事して、まじめで文句も言わず、上の人にとって都合のいい人間がいるからこそ、今の社会は回ってるし、誰だって恩恵を受けられているんだけどね」

「うん、そうだよね。私にはできないけど、がんばってるなぁって思う人、たくさんいるよ」

夜の街を眺める。

まだ灯りのついたオフィス。閑散とした道路を作業車がランプを回しながら横切る。

「あんたもよ」

「……そんなことないよ」

私は否定した。

「でもね、その結果、まじめな子たちは、自分より実力のある人間を見てうらやましく感じたり、疎ましく感じたり、果てには絶望したりして苦しむの。

まじめ社会では評価される基準がはっきりしてるから、みんな1位にはなれないのよね。どんなものでもヒエラルキーがはっきり存在してる。役職や制度って名目で序列がはっきり分かれてるでしょう？　わかりやすいほどピラミッド型に」

「うん、確かにどんな場所でも、上に行くほど人が少なくて、下にはたくさんの数の人がいるよね」

「まじめなだけじゃ上には行けず、プラスアルファが必要なんだけど、それはその人の資質や個性によって変わる。多くの人が縁の下のなんとやらで終わることがほとんどなのよ。この現実にまじめな人ほど苦しむ。まじめであれば正しいのか、1位だけが正しいのか、そして、まじめと1位はほとんどの人間が両立できないって矛盾に苛《さいな》まれるの。

……でもね、だからって1位以外に価値はないかというと、もちろん違うのよ、そうでしょう？　この街が1人の優秀な人間だけではつくれないように、物事のほとんどがいろんな分野でがんばる人たちによってできてる」

「……そうだけど」

頭ではもちろんわかるけれど、でも実際、職場で役に立ってない私には、慰めにしか聞こえない。

「ま、あたいは北半球イチ美しい美貌を持ったゲイだから、そんなあたいが1位以外にも価値があるだなんて言っても嫌味に聞こえるかしら？」

「……大丈夫だよ、ママ。全然嫌味に聞こえないよ」

「……それ、嫌味かしら」

もちぎママは眉間にシワを寄せて、こちらをジッと見つめてきた。

「ま、なんでもいいわ。だからね、話が脱線したけど、趣味も特技も気楽に言えばいいわ。なんでももっと気軽でいいのよ。

誰かに負けたら意味がないとか、人より劣ってるのに誇れないだなんて思う必要はないの。1つの趣味くらいであんたの価値は決まらないし、1つの場所の評価で人間全部が決まるわけでもない。まじめは漢字で真面目――つまり《まっすぐ一面だけ目で見ている》と書くでしょう。

一面だけを見るのは《それしかない》とか《しなければ》だとか、道が1つしかないかのように思考が固まって、勝ち負けも白黒も正解も、はっきりさせすぎなのよね」

「……そう、なのかな」

「理想だってそうよ。もうちょっと器用に生きたいとか、そんなものでもいいのよ。みっちゃんは理想なんてないって言ってたけど、理想も希望もない人間は、不満もないし不幸も感じないの。不満を感じている人間には、必ず人それぞれの理想がある。もっとハードルを下げて、立派じゃなくてもいいから望んでいることを言ってみな」

そう言われると、いいのかなと許された気になり、私は思い切って口にした。

「……私もいつも思ってるよ、もっとうまくやれるはずなのに、とか、ちゃんとした大人になりたいって。それくらいかな」

「いいじゃない。それも《理想》よ」

「……こんな漠然とした理想でもいいの？　子どもが『お金持ちになりたい』とか言ってるのと変わらないじゃん」

「いいのよ、別に、それくらいフワッとした理想でも。それがそのうちだんだんと具体的になっていったり、あるいはパッと方向転換して変わったり、現実的な目標や計画へと肉づけされていったりすんのよ。

とにかく理想のハードルを下げておくこと。先行きのわからない人生や道ほどしんどいけれど、ちょっとでも自分の行きたい方向が見えてるほうが楽になるのよ。人間ってそういう単純でおバカな生き物なの」

「……そんなふうに人間について話すってことは、やっぱり、もちぎママは人間じゃないの？」

プルプルした白い生き物であるママに、そう投げかける。

「夢を壊すようだけど、正直に言うわね。あたいは餅の妖精を自称する、アラサーゲイの人間よ。おバカな失敗をしすぎて、体を餅に変えられた哀れなオカマなの……」

私はふーんとだけ言って、自分のお酒に口をつけた。

「なんか悪いことして餅に変えられたの？」

ママはうつむき加減に答えた。

「そう。ゲイバーで3日3晩飲み歩いて、泥酔して家でおねしょして起きたら、こういう体になってたの。オカマの神からの戒《いまし》め……ってわけ」

……え？　それだけのことで？　私はオカマの神が怖いなって思った。

「ま、とにかくまずは気楽に理想を考えるってこと。幸せになるためには目標と道筋が必要だからね」

彼は自分のお猪口を机に置いて、こちらをしっかり見つめてきた。

そして、

「ただし、理想と比べて、現状やこれまでの自分の人生すべてを呪うような、そんな卑屈な考えは捨てちゃいなさい。あたいが見てきた悩みを抱えた人たちは、みんなそれに苦しんでいたから」

と戒めるように言った。

「卑屈な考え……私、卑屈なのかな」とお酒で口を潤しながら問いかける。

「みっちゃんが卑屈な人間かどうかは、1つも身の上を知らないからわかんないけど、少なくとも『幸せになりなさい』って言った人間に対して『突き放された』と感じるなら、きっと卑屈な考えに頭が占められてるわね。

どうしてまわりの人が私のことを助けてくれないの、って逆うらみしちゃってるんじゃない？」

さっきの会話が頭を反芻《はんすう》する。

私はいきなり「幸せになりたい」って漏らしたけど、冗談じゃないと察してか、もちぎママは笑わずに「なりなさい」って言ってくれていた。なのに冷たく感じた。

「逆うらみ、か……」

確かに私は、見ず知らずの人間にすら、「どうして私の味方じゃないの」って悲しさや怒りすら覚えてしまっている――思い当たる節は多々ある。

例えば上司だってそうだ……。彼は別に私の親でもないのに、私は『なぜ優しくしてくれないんだ』って怒りを覚えたりすることもある。ホテルの営業のためにただ尽力する彼が、私のミスを叱るのは当然のことだというのに。

「あんたのこと責めてるわけじゃないのよ。ただ、そんなすぐに白黒ばかりつけて生きてたら、きっと理想どおりの生き方を実現しても文句言うよ。足りない、まだ足りないって。全人類が自分のことを愛してくれるわけないのと同じで、全部完璧なんて存在しない。それが認められずに、持ってるものじゃなくて、持っていないものにばかり目がいってしまうの。それが卑屈な考えってやつよ」

「そう、かなぁ……。でもさ、理想どおりでも不満を言うかどうかはなってみないとわからないじゃん。私だって今までうまくやってこられたら、もっと能力がある人間に生まれていたら、きっとこんなふうに弱音を吐かずにすんだと思うもん」

「まずはそれよ」

「え?」

私は聞き返す。

「なってみないとわからない、という〝たら・れば〟は、まだどうなるかわからない未来について考えるときに使うものなの。もう過ぎた過去や、生まれ育ちについて使うのは、今の自分をただ呪うだけの、卑屈な思考よ」

「……」

私は押し黙る。

「過去を呪うって、反省とは違うからね。反省は過去を振り返ってこれからどうする、って前向きな道や解決策が生まれるけど、呪ったらそれでおしまい。過去がダメだから今がダメなんだって免罪符ができちゃう」

「……そうかも」

ぐうの音も出なかった。

……正直、まだ自分の過去や経歴を話していないぶん、直接否定されている感じはしないし、ダメージも軽い。だけど会ってすぐの、この餅の妖怪に核心を突かれてしまったのは、やや悔しく思う。

「過去を呪うのも、今のまわりの環境や、周囲の人間を呪うのも《未来から目を背けるための防衛策》だと、あたいは思うの」

彼は荷台に備えつけの電子レンジにお銚子を突っ込む。

「今までの不運、恵まれなかったこと、失敗したこと、まわりの人がすぐに手を差し伸べてくれないこと、現状で評価されていないこと――これだけまわりに自分をダメにする要素があるから、きっとこれからも自分はダメなんだ、って言えるようになる。なにかと理由をつけて、失敗しても《仕方ない》って言う準備をしてるの」

「……でもさ、ママ。そんなふうに言い切っちゃうけど、ほんとに自分が恵まれない環境にいて、そのせいで人生うまくいかないってケースもあるでしょ？」

「あるわね」

あるんかい、と思った。

彼の口ぶりじゃ、まるで過去を理由に卑屈になることすべてが言い訳だ、と指摘しているように聞こえたから。

「だからこそ、すべてを呪うなって言ったの」

彼は電子レンジから湯気が立つお銚子を取り出した。

「……やっぱ横着してレンジでやっちゃダメね。この日本酒にあった独特の香りが吹き飛んじゃったわ」

ミトンでそれをつかみ上げ、見るからに熱々のお酒をお猪口に注ぐ。

「あたいはね、反省も努力も、ほとんどが怒りや悲しみから始まると思うの。なんでこうなってしまったんだ、ってくやしさがあるからこそ、人はその結果に納得せず、次こそ成功しようと思える。今のあたいもそう。

ちょっとお酒が台無しになって悲しいけど、次からは面倒でもちゃんとお銚子ごとお湯に浸けてやろうと思えた。そのほうがおいしいお酒が飲めるから」

「……それ、今、適当に思いついたでしょ」と指摘する。

「うん、そうね、適当にこじつけた。でもそのとおりなのよ。失敗も苦境も、自分しだいでこじつければ糧《かて》になるの。もちろんどう考えても理不尽な苦難も人生にはあるけれどね。それは無理せず忘れてしまってもいいわ。まじめに考えすぎないようにするのも手なのよ」

「うーん……」

そんなの、経験や過去のどれが糧になるかとか、私にはわからない。

もし、今の私の生活が、そして人生すべてが、無駄な苦労かもしれないなら、どれだけむなしいだろう。

するとそんな私の表情から心中を察してか、もちぎママは言った。

「どれを糧にするかはもちろん自分しだい。だけど過去すべてを未来のために活《い》かそうだなんて、そんな傲慢なことも思っちゃダメ。人生ってドラマじゃないんだから、回り道も寄り道も、報われることのない失敗や悲しみも絶対にあるもんなのよ。

エンディングのために効率よくストーリーが進んでいくわけじゃない。それにエンディングもドラマみたいに大団円で終わる保証もない」

「みんな1位になれるわけじゃない、ってママがさっき言ってたしね」

「そうよ。でもね、それでもいいやって思えるくらい最高な未来をつかめばいいだけ。1位だけが最高じゃないって知っていくのよ」

「そんなもんかなぁ、なんか、まるであきらめて開き直ってるみたい」

私が怨嗟《えんさ》のように漏らすと、ママは微笑んだ。

「あきらめて開き直ればいいのよ。1位以外を認めないって、負けた事実も認めないってことだからね。自分なんて負け犬だ、ってハナからあきらめるのも、ちゃんと負けられないから予防線を張ってるだけ。試合放棄ってやつね。これも負けたうちには入らない。戦いたい勝負から逃げたってことなの」

「……厳しいね」

「そうかしら。優しさよ。もちろん逃げちゃえばいいってことも人生にはたくさんあると思うし、逃げてよかったたって胸張って言えるならそれでいい。でも、ちゃんと競うところで競って負けて、負けても生きて、物事の終わりを受け止める。

『誰もが負ける』って当たり前の現実を受け入れることは必要なのよ。過去を呪うのは受け入れないってことだから、それだけはやめちゃうの。これは気楽に生きなさいって優しさで、投げやりに生きなさいっていう冷たさではないのよ」

「……うん」と私は頷く。

「みっちゃん、あんたはまじめだから、きっと争うべきでないことでも争って、傷ついて、焦って苦しんできただろうけどね。もっと気楽でいいのよ。あんたはドラマのような完璧な登場人物じゃないんだから」

　ママのこの言葉は温かく聞こえた。

「確かにね、この世の中、1位以外の人間は主人公ではないけれど、1位の人間だって主人公じゃないのよ。誰もがこの世のたった1人でしかない。

注目されてる人間でも孤独で病むし、みっちゃんの知らない人間もひっそり生きて死んでいく。勝者も明日は敗者になりうるし、敗者だろうと死後に勝者となることもある。それが現実なのよ。諸行無常ってやつよ」

　なんだかそう聞くと、私の中での焦りが少し和らぐ気がした。もちろんほんの少しだけだけど。

　私は確かにいつも焦っていた。早く最適な努力をしないと、立派でなんでもできる人間にならないと、って思っていたところがあった。

「私、けっこうそういうところあるかもなぁ。早くどうにかしなきゃって焦りも、どうせ無理だってあきらめも、なにかを受け入れられなくて湧いてきたのかも。なんとなく、言われてみれば当てはまるかもって感じなんだけど、でもちょっと気楽にはなりそうな気がする」

ママは「いいじゃない」って言いながら、新しいお酒の瓶を取り出した。

何本飲むつもりなんだ、この人は。

「ま、また責めるような物言いになって申し訳ないけど、みっちゃんみたいにね、過去を呪う人ってドラマの見すぎなの。就活とかでも焦ったタイプでしょう？　自分の学歴や資格、成績、あとは職歴とか活動歴とか、そういうのを他の人と比べて、ね？」

図星なので私は頷いた。

「でも安心して。すごい人って《すごく見せるのが上手》なの。

もちろん本当にすごい能力や経歴を持つ人もいるけど、その人の全部がそういうすごい経歴ってわけじゃないし、経歴からは見えないものだって必ず存在する――失敗だらけの過去とかね。それに、すごい人の中には《すごく見せるのが上手なだけの人》も混じってる。

演技で飯を食うようなプロじゃなくとも、自分を大きく見せたい役者は世界にゴロゴロいてんのよ。それが競争社会の生き抜き方ってもんだからね。だからみんな、世の中のすごい人——つまりドラマの主人公みたいに完璧な人たちに当てられて自信をなくしたり、焦ったりしちゃうの」

先ほど話してくれた趣味や理想の話もそうか、としっくりくる。

「ほんとにそうだね……。私もさぁ、同僚や先輩みんなにかなわないし、後輩にすら負けてるって感じてるもん。なんか、みんなきちんとした社会人だよなぁっていつも焦る。みんなだってミスするのにね」

「ま、もしかしたら本当にあんたよりすごい人間に囲まれてて、あんたがただの実力不足ってケースもあるけどね」

いちいち毒がすごいと思った。

「でもよく考えてみて、みんな本当にすごい人間なわけないでしょう？

さっき例に出した就活で言うとさ、職歴すべてを有益に役立たせるなんて無理じゃない？だけど職を手に入れたい人は、面接官と会社に気に入られるために嘘をついたり誇張したりして《いかに過去すべてがこの会社に入るために存在したか》なんてストーリーをつけて話してるの。まるで今までの人生が完全無欠だったかのようにね。

でも、現実なんてそんなうまくいかないじゃない。絶対に無駄になった過去や失敗があるわけよ。みんな脚色して、人に見える自分を意識して生きている。みっちゃんが見て焦ってるのは、その人の外面しか見えていないからよ」

「つまり、まじめに一面しか見てないから、ってこと？」

先ほどのママの言葉を流用して返すと、彼は笑顔で大きく頷いた。

「みんながついてるきれいごとの嘘を見抜けるようになったら、『自分も失敗せず効率的に生きなきゃ』なんて焦りもなくなるわね。理想のハードルがグッと下がっていくわ。まずはそこから始めなきゃ、いきなり高いハードルなんて誰にも無理だしね」

「でも、そんなふうに相手を疑いというか、よこしまな目で見るの、なんか性格悪くない……？」

ママは鼻で笑った。

「そんなことないのよ、これが。むしろ愛にあふれてるわ。きれいごとを見抜くってことは、お金持ちがいつでもドレス着てるわけじゃなくて、家ではすっぴんでジャージ着てるって思ってあげることなの。

そしたらお金持ちの人も『24時間いつでも着飾らなくてもいいんだな』って気楽に思えるようになるでしょう？　自分も『お金持ちの人でもジャージ着るんだから、自分も着てもいいやん』って思えるの。おわかり？　ここには気楽に生きるための愛があるのよ」

「……ふふ、たとえはともかく。そう聞いたら、ちょっと気楽に思える、かも」

「でしょう。みんな取りつくろってんのよ。それを見せてるだけ。意外と必死な水鳥みたいなもんよ。水面の下では何してるかわかんないわ。

だからね、他人も自分も呪う必要ないの。今の自分も、過去の自分も、無駄でも別にいい。無駄にしたくない経験だけ、未来のための御膳立てって思ってやりゃいいの」

彼はお猪口にちびちび口をつける。

「その上でもう一度聞くわね、みっちゃん。あんた幸せになりたいのよね？」

「え……？」

私はとまどった。

確かにここまでの話に納得したことは多かったし、自分に当てはまる部分を見出して変わりたいとも思った。

だけど、だけどそれは私の内心の話だ。

まだ状況も人生もなにも変わってはいない。

私はここまで真摯《しんし》に話す、やけに思慮深い屋台そばの妖精に、正直に応えたいと思った。

「なりたい、けど、やっぱりまだ自分でどうやって幸せになっていけばいいかわかんないし、正直自信ないよ、私には」


そうだ。

そんなすぐに変われるなら、こんなダメダメな人生歩んでるわけないから。

すると彼は最後の1滴を飲み干して、ふぅと息を吐いた。


「正直でえらい。そんなもんよ、人なんて」

「ええ!?」

私は驚いた。てっきり嫌味を言われるものだと。


「本を読んだり、人の話を聞いたくらいで人なんてすぐには変わらない。そんなんで変わるとしたら小手先だけ。半信半疑で聞いた話を自分の中で溜め込んでから、物事を経験して、一部を納得して取り入れて……それでようやく、『ああ、あのときの話は少しは役に立ったな』って思えるのよ。

だから基本的には人の教えは疑ってかかりなさい」

なんだか学校の先生とは真逆のことを言うなと思った。

教えが絶対じゃない。これも気楽にということなんだろうか。


「ていうか、みっちゃん、さっきからあんた大丈夫なの？　ずっとあたいの話にウンウン頷いてさ。素直に聞いて咀嚼《そしゃく》してくれてるようだけど、あたいについてなにか思わないわけ？」

「え？　まぁ、妖精って存在がヤバいなとは思うけど」

「お黙り」

ママはペシっと台をはたく。

「……でもオカマさんって人生経験が豊富で、男女両方の視点とか知見を持ってるでしょ。説得力があるなぁって。言ってることは納得できることが多いから、なんも文句ないよ？たまに毒がすごいなぁって思ったけど」

するとママは鼻で笑った。

「あのねぇ、オカマにもいろんなやつがいるって言ったでしょう？　なんにも苦労せずのんびり生きてこられた人もいるし、とくにゲイだってことを悩まなかった人もいる。ドラマのような生き様を歩んだりしてない人もいるの。むしろそのほうが多いわね。みんな普通の男よ。ドラマチックな人生のゲイだなんてレアよ」

「まぁ、言われてみたら、当たり前だよね。今までゲイの人なんてテレビでしか観てこなかったから、あの人たちを基準で考えてたかも」

「テレビ出てるプロのゲイはね、もうほ～～んとすごい人たちなのよ」

ママは溜めに溜めて言う。

「それに、日常生活でゲイだと明かしてる人は少ないってだけで、きっとみっちゃんのまわりにもLGBTなんてザラにいるわよ。でも気づかないほど普通の人たちってわけなのよ」

「そっか……そうなんだろうね」

私は納得して頷く。

「とにかくね、オカマだからとか、年上だからとか、そんな理由で話を鵜呑《うの》みにしちゃダメ。バカでも死なないかぎり歳を重ねられるように、年齢だとかそんなものただの属性。人間のオマケって考えたほうがいいわ」

「オマケかぁ……」

「あたいもただ男性が好きな男ってだけで、女性の気持ちを代弁したりもできないし、全部の人生に口出ししたりできるほどえらくもないわけ。普通のお節介でおバカな男なのよ」

「……確かにね」

「今、おバカってところに賛同しなかった？」

「ち、違うよ。私も……夢見すぎっていうか、勝手に変な期待を持ってたかも」

私はお冷やを口にしながら、そう素直に伝える。

子どものころ、学校の先生ならなんでも知ってると思っていた。だけど大人になったらわかったけれど、教師も自分と変わらないただの人間だった。

私は先生に夢見る子どもと変わらない思考の危うさに気づいた。

「飲み屋で働くゲイでもね、いろんな職や業界を渡り歩いてきた人もいれば、ずっとゲイ業界で鍛えられてきたって人もいるのよ。どっちがえらいかってわけじゃなく、どっちもある程度視点や経験が偏ってるってことね。あたいもゲイバーで働いてたときには、お客さまのほうがよっぽど物事をよく知ってると感じることもたくさんあったわ。

そんなもんよ。みんなちっぽけな人間。プロのゲイはお客さまを安心させるために達観して見せるのが上手なだけなの」

ママはしみじみと話す。

「もちぎママは？　今までどんな人生を歩んできたの？」

私はふと気になってそう問いかけた。

私より年上で、やけに物知り顔で達観して語る、このママの背景を知りたいと思った。それは単純に好奇心だけど、でも彼が本当にただののらりくらりと生きてきた人間だとは思えなかったから。

「あたい？　あたいの話を聞きたいの？　仕方ないわね。特別サービスよ」

彼は淡々と自分の話をした。5分に満たない短い時間だったけれど、それはとても濃厚で、私はまるでエッセイ本を1冊読んだような気分になった。

どうやら彼は、今まで過酷な人生を歩んできたようだった。

幼少期に父と死別、そして貧乏な10代。生活のために高校生のころからアルバイトをし、さらに退勤したあとに男性と逢引してお金を稼いでいたらしい。

それから、息子がゲイだということを受け入れられなかった母との訣別《けつべつ》。

単身で都市部に飛び立ち、その後は私のまったく知らない世界だけれど、ゲイ風俗やゲイバーでの勤務で食いつないだこと。

親元を離れたあと苦労して大学に通い、就職してからもゲイだからという理由でひどい言葉を浴びたこともあるらしい。しかし、その間もずっとゲイのコミュニティで叩き上げられ、その道のプロたちに揉まれて、強くなっていたようだ。

それでこの若い（？）声色や様子とは裏腹に、中年のような話ぶりと、ちょっと老獪《ろうかい》で達観した考えを持っているのだろう。

「タイヘンだったんだね」

「変態？」

「いや言ってねぇわ」

私は思わずツッコんだ。


「ま、こんな奇想天外な経歴や肩書きに騙《だま》されて、なんとなくお説教を鵜呑みにするのもダメよ。あたいの言ってることを疑いつつ、自分で考えて取り入れるの」

「はーい」

「さて、じゃあ2つほど、ここで注意点を言っておこうかしら。これからのあんたとあたいの学びのための注意点よ」

「これからって？」

「だってもうそろそろ終電よ？　今日はお開きにしないと」

腕時計を確認する、確かにあと15分で終電が来る。

「でも、まだまだ話すことあるでしょう？　だからあんた、今後足しげくこの店に通って、ラーメン代を落とし……ゴホン、うふん……悩みを落として行きなさい」

「なんか途中、本音出てなかった？」

「そう？　さて、じゃあ一緒に人生について話し合うための注意点。今日はこれも覚えて帰りなさい。いい？」

「うん」

私は手帳を用意する。

「別にメモしなくていいわよ。くだらないことだから」

どっちゃねん、と思いながらも、私はメモを鞄《かばん》にしまった。


「いい？　さっきみたいにすぐに答えを迫ってくる選択って多いと思うの。『幸せになりたい？』ってあたいが聞いたやつね。でもね、たかが小1時間、見ず知らずのオカマの話を聞いて感化されたほうが、あたいは心配になる」

「まぁ、そうだね……」

「だからこういう答えは、とりあえず見せかけだけの答えで返していいし、正直にまだ解答を持っていないと言ってもいい。《すぐに結論を出すのはダメ》ってこと」

「……うん」

「それと最初にも聞いたでしょう？　幸せになりたいには2種類の欲があるって。まるで自分で幸せになるか、人に幸せにしてもらうか、どっちかしかないように聞こえたかもしれないけど、人生は白黒はっきりしないことも多いし、二元論なんかでもない。

幸せなんて誰だって自分でつかめるし、誰だって人からもらってる。その程度ほどしか違いはないの。だから、答えも無限にあるってわけよ。

というわけで《白黒つけることが正しいわけじゃない》《程度も考慮に入れる》ってことを覚えていって。それだけで話し合いも、読書も勉強も、そして仕事も人間関係も、つまり、自分の外の世界とかかわる営みすべてが、グッと楽になる」

私は、それらを心の中に記した。

「ごちそうさま」

ラーメン1杯700円。お勘定して私は席を立つ。

「――ねぇママ、今日話してくれたことって、例えば自己啓発書や就活セミナー、職場の勉強会なんかだと、わりと真逆のこと聞かされてきたから、ちょっと驚きかも。今まではどれだけ自分がダメで焦らなきゃならないかみたいな話ばっか聞いてさ、なんも誇れない人生だったたって凹《へこ》んでたけど。気は楽になったかな。あとなんかちょっと、ズルく生きるコツが見えてきた気もする」

私は笑いながらそう伝える。

もちぎママは寸胴の火を止めながら、フッと一笑する。

「まぁそういう自己啓発書とかセミナーもいいものはいいんだろうけどね。でもまずは自分がやるべきことや、今の自分に満足してからじゃないと、しんどいだけよ、それに……」

ママはこちらをちらっと見た……。

「あくまでも、あたいはただの屋台そば屋だからね。悪いことばっか教えるわよ」

「えー、楽しみ」

酒の回った2人でケラケラと笑う。

「さてと。また明後日《あさって》と明々後日《しあさって》はオープンするから、退勤時間に余裕あるならいらっしゃい」

「じゃあ、明後日来るね。予約って必要？」

「美容室じゃないのよ。フラッと腹空かせて来なさい」


私はもちぎママに手を振って、駅へと駆け出した。

確かに、人間はそう一瞬で変わったりはできない。

だけど、どうしてだろう、少し足取りは軽かった。

凹むのと同じように、弾むことがあるのも人間なんだな。当たり前だけど、これからはまわりの人間を見る目も変わるかもしれない。ただ見せ方がうまい人間も、ただ今だけ気分がいいだけの人間もいるのだから、ひるむことはない。

私、幸せになってやるぞ。

初めて出会った餅の妖精に
幸せについて説かれた
これがもし彼氏だったり
彼氏
家族だったり
家族
友達だったりしたならば
友達
多分私の中のプライドや遠慮などが邪魔をして
ちゃんと話を聞けなかっただろう

赤の他人
だからこそ
話せることとって
あるんだな
赤の他人…
いや
これ本当に
人か？
赤の他人
っていうか
白の
妖怪って
感じか
あんた
なに失礼なこと
言ってんのよ

焦っていいことなんて
ひとつもない

2杯目

やっぱり幸せになりたい。
人よりも、人並みに

うん、そうそう人は変わらないと自分でも思ってたし、もちぎママにも言われていたことだけれど。実際すぐに状況が変わらないことや、実力がすぐに伸びないこと、評価が一瞬で翻《ひるがえ》らないことは、なかなか心にくるなぁ。


あのもちぎママの屋台そばを食べてから、2日目の夜。

私は外国人宿泊者から依頼されたルームサービスで、間違ったオーダーを通してしまい、また上司に叱られていた。


「ねぇ、満内さん？　英語で注文受けたから間違えました、は通用しないのよ。あなた、英語が話せるし聞けるからここに雇われたのでしょう？　じゃあ、日本のお客さまと同じように失敗せずに、きちんとうかがわなきゃ。ま、あなたの場合、日本語の注文でもたまに間違えるけどね」

上司の嫌味に返す言葉もなく、私はうなだれた。

「ほら、シャキッとしなさい。すぐ次のオーダー運んでもらうから。日本食部門に料理取りに行って、3704号室に運んで頂戴」

彼も、もちぎママのような少しオネェ口調のおじさんだ。いざ接客につけばどんな事態でも物腰柔らかく対応し、無私の心で宿泊客に奉仕する姿はまさにプロだけど、部下として働くとプレッシャーがすごい。怖い人ではないのはわかっているけど、できる人だってのもよくわかる。

その目線は厳しいし、指摘も細かくて苦手だ。

「返事は？」

「あ、はい、わかりました……」

「そこは元気よく『ラジャー』と言いなさいよ。あなたのお得意の英語でね」

ネチネチと嫌味と檄《げき》を飛ばしてくる上司を背に、私は調理場へと向かった。

昨日は仕事が休みだったので（それに彼氏と別れたばかりで暇だったので）、1日中部屋に引きこもり、勉強がてら海外の映画を字幕なしで見流していた。

すると、お母さんからは「みっちゃん……彼氏と別れたショックでそんな変な映画の見方してるの？　大丈夫？　早く新しい彼氏つくったら？　もうアラサーなんだから」だとか面倒なお節介を焼かれるわ、大学生の妹と、高校生の弟からは「今日こそ英語の勉強を手伝え」とせがまれるわで、せっかくの休みなのに気が落ち着かなかった。

それに、無口で何考えてるかわからないお父さんが夕方には帰ってきて、すぐに寝床に就いてしまったから、うるさくするのもはばかられてしまい、私も早々に眠ってしまった。

私、休みの日っていつも後悔してる。せっかく時間があったんだから、もっとなにかできたはずなのに、って。

元彼といたときもそうだった。

デートしていても私はいつも「暑い、歩きたくない」とかなんとか文句ばっか言っちゃって、彼を困らせていた。

もっと楽しんだり、いい思い出をつくったりできたはずなのに。

後悔ばかりの人生。

反省しても、いつもまた同じ失敗をくり返し、同じ文句を垂れ流してしまう。


「今日も怒られてましたね、みっちゃん先輩」

ルームサービスワゴンに提供する料理を乗せ、従業員用のエレベーターホールに向かうと、後輩がエレベーターの扉を開けてくれていた。

「うん、見てたの？」

「見てたっす。バッチリと」

私はため息をついて乗り込んだ。

「えーと、オーダー3704……37階っすね。あ、お疲れさまです。どぞどぞ～」

後輩はワゴンの上の注文用紙を覗き見て、37階のボタンを押してくれる。それからホールにいた休憩室に向かう途中のシェフのために、閉まりかけた扉を手で押し開ける。

「君はほんとよく気が回る子だよ……。いい後輩を持ったよ、私は」

「まーた、みっちゃん先輩、オカンみたいなこと言ってる」

そう言ってケラケラと笑うので、私はふぅとため息をついた。

「でも、本当にそう思ってるよ。私より優秀で、上司にも他の部門の人にもかわいがられて……なんかもう、うらやましいとか疎ましいとか通り越しちゃった感じ」

「え？」

「私はね、君みたいに愛嬌《あいきょう》のある人間に生まれたかったよ」

世間話のつもりで話してみたが、湿っぽい愚痴のように聞こえただろうか。いつも私はネガティブなことばかり言ってしまうので、上司に「シャキッとしなさい」って怒られるのに。後輩にもそんな姿を見せたらますます面目《めんぼく》丸潰れだろうな。そもそも潰れるような面目もないけれど。

すると後輩は少しうつむき加減に、

「……自分みたいな人間に生まれたかったとか、ちょっとでもうらやましいとか、みっちゃん先輩に言ってもらえるなんて……。うれしいっすね、やっぱり」

「え？」

私が聞き返すと、休憩室のあるフロアにエレベーターは停まった。

シェフが降りていったのを横目に、後輩は私に「じゃ、サーブがんばってくださいっす」と言って、そのまま降りていこうとした。

「あれ、もう休憩なの？」

「いや、自分、トイレだけしにきたんです。ここは人少ないんで」

従業員用のトイレなら、さっきまでいた階のバックヤードにもあるじゃん、と思ったけれど、そのまま後輩の背中を見送るようにエレベーターの扉が閉まった。


♫ももも〜もも、ももももも〜も〜

今日も気の抜けるチャルメラの音がする。

「もちぎママ～、食べにきたよ～」

仕事が終わり、足早に屋台に駆け寄る。

もちぎママは今日も変わらず白くて、湯気の先で無表情な顔面のまま寸胴のお湯を沸かしていた。

お客は相変わらず私1人のみ。

「いらっしゃ～い、今日はゆず塩ラーメンよ。お好みでゆず胡椒も入れられるけど、どうする？」

「いいね、お願い」

私は出されたお冷やを口に含みながら、もちぎママの作業を眺める。

「あら、前より少し顔つきがマシでシャキッとしてるけど、いいコトでもあった？」

「ううん、ないよ、そんなの。……まぁ、そうそう人は変われないんだなって思って、あきらめ半分、吹っ切れ半分って感じ。今日も上司に怒られたし、昨日も家では散々だったし、なんにも状況はよくなってないよ。もう職場で泣きそうだったもんね」

私がヤケクソで笑いながら話すと、彼も「ふふ」と笑ってくれた。

「いいじゃない。ヤケクソは好転の兆しって言うでしょ？」

「そんなことわざあったっけ？」

「いや、ないけど、なんとなく言ってみたの」

私はまたもくだらないことを聞かされているのだ。だけど、すぐに湯気の立ち上るラーメンが提供されたので、意気揚々と割り箸を割った。


ゆずの匂い、胡椒のスパイシーなアクセント。

透き通るスープに、小麦の味がしそうな白めの中太麺。トッピングはトロットロの半熟卵に、焼き目のついた極厚チャーシュー、薬味に三つ葉。

香りで勝負をした1品だ。

「いただきます」

ひと口食べればすぐに、ゆずが心をあったためてくれた。


「で、どうなの。幸せ探しは」

「うーん、あれからまだ2日しかたってないし、やっぱりすぐには……。まずは具体的に、これからどうしていけばいいか考えてる感じかな」

「ま、そうよね、だって本ならまだ前半も終わってないわよ。それで結論出されても、いったい何を聞いてたのってなるでしょ」

言ってる意味はわからないけど、でも前に「すぐに結論を出すな」とは話してくれていたから、なんとなく理解できる。

「わかったふりをしてあきらめるな、ってことだよね」

上司の受け売りだけどそう言ってみると、もちぎママは少し目を見開いていた。

「そうよ、そのとおり。一言一句漏らさず、あたいの言いたいことを言ってくれたわね」

「いやぁ、ずっと前に上司に怒られたときにそう言われたなぁって思って」

「ほーん」とママは腑抜《ふぬ》けた返事をする。

私はスープをすすりながら、ほとんど具がなくなった丼を見つめる。

「とりあえず、休日に時間が余るようになって、今までちょっとサボってた英語の勉強を再開したんだけど……。さっそく今日オーダーミスをして怒られちゃった。しかもよりによって英語の」

「あら」

「英語が得意ですって売りにして働いてるのに、情けないよね。まぁ、アレルギー食品を間違えて出したとかじゃなく、ワインの銘柄を誤ってサーブしそうになっただけなんだけど……。ついついうまくやらなきゃって焦っちゃって」

「あらま、大変だったわね」

ママは慰めてくれた。

最近は仕事の愚痴や、新卒でもないのにミスしたことを言うのもはばかられて、ため込んでいた……。というか、自覚もないくらい溜め込むことに慣れていたけれど、やっぱり弱音を吐くって気が楽だな、と当たり前のことを思った。

相手が家族でも同僚でもない、もちぎママだから話せるのだろう。社会人がこぞって飲み屋に行く理由がなんとなく理解できた気がする。お酒じゃなくて、このなんでも話せる空間が好きなんだな。

「ま、何度も言うとおり、昨日今日では変われないけど、今後いい結果を生み出すのは《今という過去》が大事なのよ、だからふんばりなさい。未来にとっては今は、過程で過去よ」

「それを、いいモノにするかは自分しだい、だったよね」

「うん、はい、お酒」

今日はぬる燗の日本酒が出てきた。

「今日は岩手の日本酒よ、ぬる目がちょうどいい塩梅《あんばい》で楽しめるの」

そう言って2つ分のお猪口に注ぐ。

「ほい、サービスよ。みっちゃん」

私は喜んで乾杯した。

今日もまた少しだけ、ママと飲み交わそう。


「――ところで、何？　休みに時間ができたって、恋人と別れたりしたの？」

晩酌し始めたところで、ママが藪《やぶ》から棒に聞いてくるので、私は口に含んだお酒を噴き出しそうになった。

「あらやだ、図星なのね」

「もー、ダイレクトに聞いてくるなぁ」

「ごめんなさいね、オカマの勘が働いちゃったの。そっとしておいたほうがいいかしら？」

「いや、これも愚痴りたいからちょうどいいし、愚痴らせて。ほんとつい先々週のことだよ。

わりと長続きしてた彼氏と別れちゃって……言ったでしょ、最近、全然いいこと起きてないって」

私がヤケクソの半泣きで笑いながら話すと、ママもケラケラと笑ってくれる。泣きっ面に蜂なことばかりだけど、こうして人に話すと、幾分かわびしさも和らいだ。

「そうねぇ。でもみっちゃん、別れって悪いことばかりじゃないじゃない。そこから学ぶことや気づくこともあるし、別れて清々することもある。それにフリーになったなら遊びまくれるじゃないの。ねぇ、ワクワクしない？」

「うーん、ポジティブにとらえたらそうだけど……そういうもちぎママはどうなの？　彼氏いるの？」

「いや、万年フリーよ。彼氏欲しいけど、どこにも落ちてないの」

「……そっか。落ちてるといいね……」

少し静けさが戻った。気まずいので私は話題を切り出す。

「お母さんがね、昨日も『早く彼氏つくったら』ってうるさかったの。今そういう気分じゃないし、それにまだ……」

「まだ、彼が忘れられないのね」

そうママが言うから、私は慌てて首を横に振る。

「違いますー。元彼なんて、……もう忘れたもん。そうじゃなくて、まだ自分のことがすべきことがすんでないってこと。きちんと独り立ちできてないのに、新しく彼氏なんてつくってる場合じゃないなって思ったの」

私はそう弁明する。

するともちぎママは、

「でもさ、みっちゃん、元彼といたときは独り立ちできてたのかしら?」

と、痛いところを突いてきた。

「……ぐぬぬ。……ううん、できてなかった。それこそ一昨日話したとおり、どうして私を満たしてくれないの?　って逆うらみして、彼氏には強く当たってたよ。

今思えば優しくて、よく尽くしてくれる彼氏だったけれど、私は彼の厚意に一方的に甘えてた気がする。だから……私が負担になったんだろうね。彼から『別れよう』って言ってきたの」

「あぁん……そうなのね」

ママは私の空になったお猪口にお酒を注ぐ。それをすぐに飲み干すと、また新しく注いでくれたので、お酒のわんこそば状態になった。

「飲みすぎちゃダメよ。お冷やと一緒に交互にゆっくり飲みな」

「うん……」

「……それで、よかったじゃない。そんな状態だったなら別れられて」

「え？」

「そのままじゃ、あんたも彼もダメになってたわよ。それを察して別れ話を切り出したなら賢明な彼氏だし、ちゃんと破局を受け入れられたみっちゃんもえらいわ」

「えー……そう、かな……」


ママは自分のお猪口をグイッと飲み干し、話を続ける。

「そうよ、だって恋人ってもんは、泥舟に乗って一緒に沈む仲じゃないんだから。家族や職場もそうね、支え合う関係を勘違いして、みんなでダメになろうってくらいなら、離散して距離を取ったほうが何倍もマシ。別れ方や距離感の取り方も含めて《人間関係のおつき合い》は考えていかなきゃなんないのよ」

「確かにそのとおりかもだけどね。けど……親はうるさいよ。私の歳くらいの大人ならもう結婚してもいいのに、なんで別れたのってことまで言ってくるもん」

「あらまぁ、親御さんのお気持ちもわかるけどねぇ。きっと心配なのよ、みっちゃんのこと」

「そうなのかなぁ」

「ま、でもみっちゃんは悪くないわよ。さっきも言ったとおり、人間関係は続けるだけがえらいわけじゃないからね。しんどい関係なら次に乗り換えていきゃいいのよ～」

もちぎママはあっけらかんと言う。

「それもそうだけどさ……でもね、もちぎママ。親しい関係でも長いこと続けてると、どうしても相手の負担になってしまう時期ってあるじゃんか。例えば仕事で落ち込んでるとか、プレッシャーから気が立ってるとか。だから相手に甘えちゃうってこともあるし、喧嘩《けんか》も倦怠期《けんたいき》もあるでしょ。そんなに簡単には乗り換えようと思えないよ」

もちぎママはクイっとお猪口から飲み干して、口を開いた。

「そりゃそうだとも。いいこと続きの人生なんてありえない。誰だって酸いも甘いも経験するし、機嫌も気分も変わる。だからずっといい関係なんてありえないの」

「でしょでしょ」

「でもそれを『誰か特定の人間にずっと負担してもらおう』というのがダメなのよ。その人が救ってくれないからしんどいんだ、って責任転嫁もしやすくなる。そうなればずっと相手を責め続けて、自分はなにもしないままだしね」

それは一昨日話してくれた、『人のせいにして自分がダメな理由を正当化しようとしてる』ってことに通じてるなと思った。

「もし仮に誰かの負担になったとしても、相手の負担も、自分が元気なときに背負ってあげないとならないわ。機嫌を取るのはターン制よ。

店員もどこかではお客になるし、お客もどこかで店員になってお客をもてなす。特定の人間関係でも、どっちかが《もてなすターン》をやらなきゃ、対等じゃないでしょう？」

「うん……」

耳が痛い。私はそれをしてこなかったから。

「そのためには自立しているときをつくらないと成立しないわ。未熟なままの人間は、ずっと誰かの重荷になってしまう。もちろん、人間には独り立ち以前の幼少期や、弱ってる期間ってのが必ずあるからさ、そんな時期は他人に頼りっぱなしでいいけど、いつまでもそのままは通用しないの。

……当たり前だけど、人ってさ、はじめは優しさで支えてくれても、ずっと頼られっきりだとしんどくなるもんなのよ。どこかで《今後の希望》を見せつけないと、お互い苦しくなってきちゃう」

「……そのとおりだね」と私はうなだれる。

「でも、みっちゃんの場合、今は自立して、相手を背負えるだけの人間としての器量を身につける時期に入ったのよ。だから別れられてよかったねって言ったの」

「……そう、だね。私、まだ彼とつき合うべきじゃなかったのかも」

「……ま、人間関係ってタイミングもあるしね。逃したらもう会えないって出会いもあるわよ。いつか成長してから人との関係を始めようだなんて、悠長なこと言ってられないのよ。だから、つき合ってる最中に、その関係に見合うような成長ができればベストなんだけどね。……けど、過去のこと、とやかく言っても仕方ないでしょ？」

私はママに向かって笑って頷いた。


「あと機嫌って、誰だって悪くなるって言ったじゃない。いつも笑顔で優しく受け止めてくれる人も、どこかでストレスを発散しないとやっていけない。常に誰にでも温和な人なんてありえないからね。それが人か物か場所かはともかく、人は心の依存を多かれ少なかれ分散してバランスを保ってるものなの。そして、未熟だとそれが1つに集中しすぎてるってだけ」

「……うん」

「……ねぇ、みっちゃん、あんたの彼氏も、もしあんたの目の前ではいつも明るい人間で、人に頼ることもなく前向きにいてくれていたとしたなら、きっとどこか知らない場所で癒やしを見つけてたんだと思うわ」

「……確かに彼、私の前では仕事の愚痴も、将来の不安もいっさい話さなかったなぁ……。私が受け止めるターンつくってなかったから、だからずっと私といるときは、ため込んでたんだ」

「そうね、あとは別の恋人つくって、そっちでよろしくやってたんじゃないかしら。それなら納得できるわね」

「どうしてそんなこと言うの！　もう！　お酒おかわり！」

私はお猪口をママに突き出した。


私はお酒で温まった喉にお冷やを流し、気分を覚ます。

「ふぅ。ねぇ、ママ。とりあえず今は彼氏と別れてもよかったってことや、これからはまず自分のことをがんばらなきゃならないってのはわかったよ。でもさ、やっぱり私、変わろうにもどうやっていいかわかんないどころか、《変わってどうなりたいか》も根本的にわかってないんだよね」

「あら、でもちゃんと理想があるじゃない」

ウン、と私は頷く。

「でもね、ふんわりとした理想は浮かんでも、明確な目標なんて正直、今さらわかんない。もう子どもじゃないんだし、現実的な目標ぐらいしか考えられないよ。例えば年収上げるとか、役職に就くとか……。自分のやりたいことよりか、いい大人が目指すべきことしか浮かばないんだ」

「まぁ、それでもいいけれど、大人でももっと夢があってもいいのよ。まだまだこれからも生きるんだから」

「ママは何かあるの？」

「世界征服」

私は聞かなかったことにした。


「自分に何が足りないかがわかっても、どうすればちゃんと満足できる結果になれるか——そもそも満足できることがどういう状態なのかわからないし、そこまで深く考えたことないよ。だから前にママが言ってたとおり、理想どおりにことが運んでもきっと《まだ足りない》

って文句を言ってしまうと思う」

「そうね。それはどうなるかわからないわ。そのときのみっちゃんしだいね」

ママがひと言だけ漏らす。

「……それにさ、私、変にネガティブでさ。人のことうらやましいってよく思うけど、その人になりたいとまでは思わないんだよね。

いいところと同じくらい、人の悪いところにも目が行ってしまうから。ほんと文句しか出ない人間なの。満足できる目標も見つけられないほど、性格ひん曲がってる気がする」

思わず口角を上げたような表情で、ママは、

「いいじゃない。まわりが見えない人よりも、悲観的で冷静な人のほうが生き抜きやすいわ。生きやすいかどうかはともかくね」

「そうなのかな」

「それにあたい、性格ひん曲がってるほうがクセがあって好きよ。どんどんひん曲げなさい」

「それエールなの……?」私は思わず笑った。

「……でも、みっちゃんの場合はきっと、理想が高すぎるから見えてないだけなんだろうけど」

「高いから見えてないって?」

「満足できる状態ってのを、何事も完璧な状態だと思っているからよ。理想が高すぎて頂点しか見えていないから、他人にも自分にも厳しくなる。でも、世の中に完璧なんて存在しない。誰を見ても悪いところを見つけられるみっちゃんならわかるでしょう？」

「まぁ、うん」

「理想を下げろ、とまでは言わないけれど、理想って言葉に惑わされちゃダメよ。理想と妥協はセットなの。自分がどこで妥協できるのか、ってラインを理想と呼ぶのがいいのよ」

「だ、妥協でもいいの？」

「いいのよ。我慢まではしなくてもいいけど、妥協はバンバンしていきな。1日3回まで妥協していいのよ」

「ふふ。何それ」

私は肩を揺らして笑う。

理想論や完璧像の高さに打ちひしがれて、自分にも他人にも文句ばかり出てしまうのかな。だったら私は、妥協を知らない子どもだったのかもしれない。

もちぎママはお酒をちびちびとすすった。

「それからみっちゃんさ、嫉妬もけっこうするんでしょう？　うらやましいって思うのと同時に、なんでこの人が評価されてるんだ、って」

「……え、まぁ、うん、するね」

いきなり図星を突かれてたじろぐ。

まさしくそのとおりで。

もちぎママが見抜くとおり、人の欠点を見つけては、大したことない他人がチヤホヤされる状況に不満を感じることはよくある。

「私さ、ＳＮＳも見るだけなら以前にちょっとやってたこともあるけど、すぐにモヤモヤしてやめちゃった。嫉妬深い私には向いてなかった」

「あら、どうして？」

「……例えば、モデルみたいにきれいな見た目のアカウントを見てたら、私なんかじゃかなわないなぁって思うし、いいなって憧れることもあったけど、でもすぐにその人のダメなところを探してしまったから。とにかく欠点を見つけて、安心して、バカにしたように上から目線にもなっちゃって……。それでいて、なんで欠点があるのにみんなに愛されるの、って嫉妬してさ。ほんと性格悪いね」

……欠点まみれの私が、言うのもはばかられた薄暗い感情。

するともちぎママは、笑いもせず、だけど引いた様子もなく淡々とお酒を飲んだ。

「みっちゃん、あんたの《幸せになりたい》って気持ちはきっと《人並みに》だとかそんな謙虚なもんじゃなくて、もっと貪欲な気持ちなんじゃないの」

「貪欲？　こんなネガティブな私が？」

「うん。だって、《理想的な他人》と《今の自分》を比べて不満を感じる人間なのに、その人のようになりたいんじゃなくて、その人の上に立ちたいと感じているのだから。追いつきたいんじゃなくて追い越したいタイプよね。お近づきになりたいってよりも、蹴落としたいとか思ったりしたこともあるんじゃない？」

「う……」

そうかもしれない、と思った。

「そういうタイプって、気持ちがどん底まで落ち込んじゃうと、《他人より幸せになりたいから人より努力する》ってほうに振り切るのもしんどくなる。だから、それが評価されている基準や世界がおかしいんだ、と責任転嫁しちゃうようにもなるのよね」

「……」

「仕方ないけどね。あまりにも報われないと誰でもそうなるわよ」

「そのとおり……かも」

私は図星に図星が重ねられ、恥ずかしい気持ちも通り越して、もうどうにでもなれという気分にすらなった。

「おっしゃるとおり……。まじで私は、理想だけ高くて不満ばっか言って、人のこと悪く言ってるだけのダメダメ人間ですよ」とこぼす。

「そう？　最高じゃない？」

「え？」

私は存外驚いて声を上げる。

指摘が叱責のように聞こえて胸が潰れそうだったが、もちぎママの様子を見るに、私を責めている口調ではなかったようだ。

「言ったでしょう、努力も反省も、怒りや悲しさから始まるって。嫉妬は相手を燃やすための材料じゃない。むしろ、自分のエンジンを焚《た》きつけるための燃料なのよ。それに気づけばグングン伸びる」

もちぎママは、備えつけの冷蔵庫からタッパーを取り出し、中から薫香広がる細切れの鶏肉を取り出す。

「お酒のアテに。これ、チャーシューの余りで燻製《くんせい》をつくったの。お食べ」

2人でそれをつまみながら、クイっとお猪口のものを飲み干す。

「さて、じゃあ、みっちゃんの悩みに戻るけど、根本は《まず第一に幸せになりたいけど、どう変わっていけばいいかわからない》――それどころか、《どのように変わりたいかもまだわかっていない》ってことだったわよね」

「うん」

「そして理想があまりにも高い、つまり具体的じゃない。なんとなく、すごくて失敗しない大人になりたいって感じてる」

「うん……まぁ、うん、頭では無理とはわかってても、できるだけそういう感じになりたいって思ってるかも」

「だから、完璧ななにかがあると思い込んでるのよ」

「……そうだね」

「さっきも言ったけれど、完璧なんてないのよ、人間みんなどこか不十分で、不完全。だから不足してる部分を補って生きてるの。きっとみっちゃんも理屈ではわかってると思うけど」

そう、そんなこと私だってわかってる。誰だって知っている。

なんでもできる人間なんていないし。私だって少なくともそんな完璧になりたいわけじゃない。

「でも、失敗はしたくないんだもん」

「しなさい」ともちぎママが言う。

「えぇ……」

「失敗は恐れていいけれども、《一度も失敗したくない》じゃなくて、《もう失敗したくない》と思うようにすればいいの。そうすれば一度ミスを犯しても、これから徐々に修正するっていう前向きな姿勢になれる。同時に、失敗をしない完璧超人にならなければっていうプレッシャーもなくなるでしょう？」

「でも……一度は失敗してしまうってことでしょ？　私の場合、それがしんどくて……失敗したら取り返そうって思うけど、むしろ空回りしてしまうというか……何度も同じこともするし、考えてもいなかった失敗もしちゃう……。それで何度まわりを失望させたか」

「誰でもそうよ。それでも失敗してもへこたれないようにシャッキリとした姿を見せて、リカバリーして成長していってんの。例えば……きっとみっちゃんの上司もそうよ」

私はピクリと眉をひそめた。

「そうかなぁ……ママは知らないと思うけど、うちの上司、重箱の隅までつつくような指摘をしてくる人なの。だからやっぱり人に言うだけあって、めちゃくちゃテキパキこなしてる。失敗してるとこも見たことないし、なんだか想像もできないや」

「それはきっと見せ方が上手なのよ。部下を安心させるために、気を張って堂々とやってんのよ。みっちゃんも上司になればわかるわ」

「今でも後輩はいるよ。私より優秀だけど」

「あら、そうなの。でも後輩と部下は少し違うわよ」

もちぎママは腕を組む。

「部下の前ではね、堂々としたボスも、活発なリーダーも、ある程度は威厳を持たなければならないの。そうしないと下の子たちが不安になるからね」

「先輩は違うの？」

「うん。そうよ」

もちぎママはフッと鼻で笑う。

「少々抜けた先輩がいたほうが、職場は和むし、後輩は安心するからね。こんな感じでもいいのか、って。あんたはいい意味でダメ先輩してやってんのよ」

「ママ。黙ってお酒飲んで」

「それにしても、私は完璧主義者だなんて思ってないけど、どこかで《うまくやらなきゃ》って気持ちが、完璧にという意味になってたのかなぁ？」

「そうじゃない？　だから他人に対して期待しすぎるし、人間関係も仕事も、人生すべてがしんどくもなる。あたいくらいテキトーでいいのよ」

ママはきゅっとお酒を飲む。

私は、恋人に《私の気持ちすべてを癒やして》だなんて無理難題を求めて負担になっていたのだ。それに、まわりや他人の評価に責任を押しつけて、できない自分を許してきたのも事実だった。

やっぱり「完璧じゃないから、全部ダメ」だなんて、失敗をするための免罪符なのか。じわじわとママの言葉が身にしみる。

「……で、それでも人の悪い部分ばかりに目が行くし、自分にはもっとなにもないんだと打ちひしがれる。そういう感じだったわよね、みっちゃん」

改めて言語化すると、なんて子どもなんだと思うけれど。

「うん」

するとママはこちらを静かに見つめながら言った。


「そうねぇ。とりあえず、《うまくやらなきゃ》って気持ちは捨てちゃいなさい」


「ええ?」

——もう今までのエールが嘘のよう。そんなことを言っていいの?　と思った。

今の私よりネガティブで、絶望的な発想に聞こえる。

理想がかなうことがないのならば、あきらめて生きてしまえという意味なのだろうか。

「いいの?　そんな投げやりで」

「いいのよ。あたいが言ってるのはみっちゃんの強迫観念にも近い《ありもしない理想》を捨てて、もっと前を向いて失敗も噛《か》みしめて生きなさいってことだから」

「……」

「あのね、みっちゃん。下を向いてるのだけがネガティブじゃないの。上ばかり見て、現実が視界に入らないせいで、自分やまわりを踏んづけてしまっているような上向きネガティブってのもあるのよ」

「あー……私、それかも」

「でしょう、それって首が筋肉痛になるまで上ばっか見てんのよ。映画館で一番前のシートのチケット取って映画を観てたら、首を痛めたあたいくらいおバカよ」

「うん」

「うん、じゃないわよ」

もちぎママは、おたまで私を突き差した。


「それで、どうすればいいと思う？　ママ。私はあきらめて今の自分で満足しろってこと？」

「そんな簡単に《足るを知る》って発想ができてたら、1億総仙人時代よ。もうみんな悟り開きまくって、資本主義は回らないわ。欲があっていいの。そして目標をつくって努力することは、幸せに生きていくために必要よ」

私には今の自分の生きづらさを占める《かなわない欲》と、もちぎママが指し示す欲の違いがわからず、首を傾けた。

「そうね、言うならば自分に合った欲ってことよ」

「自分に合った欲？　身の程を知る……ってこと？」

「そうね、ただ身の程を知るって言葉は、そこそこのところで仕方なく満足してあきらめる、って受け取り方されるけど、あたいはちょっと違うと思ってる」

「どう思ってるの？」

私は聞く。

するともちぎママは言った。

「本当の自分を知るってこと」


「本当の自分ってどうやったらわかると思う？」

ママは私の足元にあるヒーターの温度を上げながら、そう問いかけてくる。

「うーん、自己分析ってやつ？　なにか診断を受けたり、日記やメモで考えをつづったり

「……」

「それもいいとは思うけど、多分、それってもうすでに自分のこと俯瞰《ふかん》的に見られる人がやってこそ有効な手段なのよね」

「え？」

「みっちゃんは、きっとそれをしても《なんて自分はダメなんだ》って思って、自分の欠点ばかり書きつづるでしょうね。それでは本当の悪いところも、いいところもわからずじまいになってしまうの。自分で自分に注射が打てないのと一緒ね。痛いってわかってることは自分ではできないから」

「……」

それはママの言うとおりかもしれない。

「そして、そんなことで書いた自分はあくまで《自分の見た自分》でしかない」

「うん、まぁそれはわかるけど。でも自分の見た自分じゃダメなの？」

「いくら自分が冷静沈着でクールなやつだと思っていても、他人はその人のことをただの寡黙で自己発信しない人だと受け止めていることもあるの。

つまり、本当の自己評価は自身の内心なんていっさい関係なくて、他人や社会に受け止められた表の姿で決まるってことなのよ。自分が見た自分なんて、自己完結でしかないの」

「うーん、そうなのかな。でもさ、ママ、心や生き様は身からにじみ出るとか言うじゃん？　やっぱり内心ってのが自分なんじゃないの？」

「結局、それも外側に表れてるじゃない。つまり誰かの目や心に映ってようやく現実になったのよ。例えば、頭の中でいくらアイデアを出してても、世の中に発表しないと評価されないのと同じでね。偉大な発明家も、聡明な学者も、ユニークな作家も、世の中に自身の考えを発信しないと、ただの人なのよ」

「……まぁ、うん。確かに」

私には心当たりがある。

こんなにも努力してるのに、って思うこともあったけれど、いつまでも結果を残せていないのなら、やる気のない人間だと受け取られていても確かにおかしくはない。

上司によく「シャキッとしなさい」と言われてるが、あれももしかしたら私が本当に無気力な人間なんだと思われていたのかもしれない。

それは当たり前だろう、だって私は全然やる気をまわりには見せていなかったから。それなのに過程も評価してほしいとワガママ言って、まわりを逆うらみしていたから。

「世に出ないかぎりは無名なのよ。自己満足で十分ならそれでいいけど、でも、みっちゃんもみんなも、そんな淡白な人間じゃない。大なり小なり人に認められて、社会で成功したいと感じるのが人間の本能なのよ。食欲と一緒」

「人間の本能だ……って思うと、ちょっと気楽に思えるかな」

「でしょう。日本で教育を受けていると、目立つなって教えられることもあるからね。でもいいのよ、目立つために努力しても、ね。人のためにがんばりなさいって教えるのに、目立つなって教えるのはそもそも酷なのよ。見返りを求めない菩薩になんて、誰もがなれるわけはないのに。教育や道徳って、みっちゃんみたいな人間以上に完璧主義なのよ」


私は鼻で笑うママを眺めた。

確かに、道徳って完璧主義だ。まわりの人間が完璧に生きてくれたらこちらが楽になるっていう《お上》の意図を感じる。

「……はぁ、あたいも本当は世に出て北半球一美しいゲイとして有名になっていてもいいんだけどね。でもこれで満足だから屋台そば屋さんしてるわけ。わかる？　世に出ないと、外に出さないと存在しないのと同じなの」

「は、はぁ」

私はたまらず、ママが用意したあったかいお茶を飲む。

「じゃあさ、本当の自分ってやつは、どうすればわかるの？」

私は本題を切り出した。

「それは他人から知るのよ」

「た、他人から自分のことを？」

「なにもインタビューしろとか質問しろってわけじゃないわよ。他人を観察して、他人が自分をどう見ているのかを知るの。

そこでどう受け止められていたのかを知ることは、誤解や偏見もあるだろうし、自分の認めたくない現実も見ることになるだろうけど……。自分の知らなかった新しい一面もきっと見出せると思うの」

「まぁ、それはそうかもしれないけど……。なにより自分のことがわかるのは自分だと思うけどなぁ……。お母さんですら私の気持ちがわからないのにさ」

私はため息をつく。


もちぎママはお猪口を机に置いた。

「あのね、さっきも言ったけど、嫉妬とか、理想論にとらわれて絶望するようなネガティブ主義者って、近視眼的なの。冷静なようでほんとは頭に血が上ってるだけ。まわりが全然見えてない状態よ。しかも他人だけじゃなく、本当の自分も見えてないから厄介なのよ」

「さっき言ってた、上を見過ぎて理想が見えていないってやつ、だよね」

ママは頷く。

「そうよ。例えば自分のことは《どうせダメだ》って最初からあきらめて、できない理由や誰の責任かってのを探し始める。それに、他人に対しても《自分の持ってないもの》を基準にしか見られなくなってる。

あの人は自分にない能力や立場があるから、なんて投げやりになる。そして自分と似たような欠点や短所を、相手に見出しては安心したりヤキモキしたり……。なんで自分と似た人間が評価されて、自分がされないんだと社会や大勢の人間に責任を求めたりね。

つまり、この手の発想は全部《自分目線》で《自分基準》なのよ」

「自分目線で、自分基準……？」

「そう。自分と比較してでしか他人を測れなくて、自分目線でしか物事を見られないこと。ねぇ、みっちゃん、鏡で見た自分が本当の自分じゃないってのは知ってるわよね？」

「うん、左右反転だからね」

「それと一緒なの。自分は自分で見ると、少し違う。だからこの思考回路じゃ、ずっと本当の自分が見つけられない――何が欠点で、何が自分に必要なのか、ずっとわからないままなのよ。だって自分が求める完璧像しか見られなくて、本当の自分の欠点にずっと目が行かないままだから」

「う……」

耳が痛いが、そのとおりかもしれない。

自分が求める完璧像しか見られないことは、「できない理由を自分でつくっている」というママの言葉に重なるかもしれない。

私が抱えている本当の問題に、立ち向かわなくてすむのだから。


「それと、自分ばっか見てる人間は、他人のこともちゃんと見られないの」

「そうなの？」

「そうよ。だから自分にないものだけを嫉妬したり、相手の短所ばかり見つけたり。自分に都合のいいことだけを見てしまって、本当にその人のいいところもわからなくなるんだから」

「まぁ……うん」

「それに、完璧や理想があると思うことも、他人を見られていないから生まれる発想なの。多かれ少なかれ人は浮き沈みするし、見せかけだけだったりするし、不幸も味わってる。それが見出せないから、まわりは幸せそうで、自分だけが不幸——みたいなしんどい感情ばかり湧いてくるの」

「……なるほど」

「だからみっちゃん。まずは落ち着いて、他人を見なさい。そこから本当の自分も、本当の他人も、この世に理想も完璧——そして普通なんかもないってことが見えてくるわ。そこから改めて、みっちゃんのなりたい理想を考えていきましょうよ……。

もしかしたら今、みっちゃんが不完全だって思う物事も、本当はみっちゃんが目指すべき妥協の理想かもしれないわ」

その日はお勘定をして、もちぎママに「また明日も来る」と伝えてから、もやもやした気持ちで帰宅し、泥のように眠った。

私はひとまず、もちぎママの助言のとおり人を見ることにはしたが、正直自分のことで手一杯なのだ。まずは自身の仕事や努力をすべき人間が、こうも悠長に人を見てていいのだろうか、と不安にもなる。

「みっちゃん。レストラン出てもらえる？　外国人のお客さまがビュッフェで困ってるみたい」

仕事中、インカムでホールの同僚から声をかけられた。

うちのレストランはライブキッチン型なので、シェフがビュッフェの料理をお客さまの目の前でつくって提供する。

そのおかげでお客さまは目でも楽しみながら料理を食べることができるのだが、いかんせん距離が近いぶん、お客さまからの質問もよく投げられる。

ホールにはスタッフが皿の片づけや料理の配膳のために常駐しているけれど、アルバイトの子もいるので皆が外国語対応できるわけでもない。私は足早にホールへ出てステイ（宿泊者）の外国人客の質問に答えた。

「みっちゃーん先輩、お疲れさまっす。今日は怒られずにすんだっすね」

「やかましいわ」

仕事明け、後輩が悪態づいて私に駆け寄ってきた。

「今日はまかない食べるんですか？　自分、食べないっすけど持って帰るんで取ってきましょうか」

「いや、私はいいよ。ていうか、食べていかないんだ。珍しい」

「そうっすか？　自分、いつも木曜は食べてないんすよ……。ちょっとこのあといろいろあるんで」

そうなんだ。知らなかったな、と思いながら2人で談笑しつつロッカールームに戻る。

「みっちゃん先輩、よかったら今日飲みに行きます？　って誘っても来たためしないけど」

「だって、あんたバーに行くんでしょ？　そんなところ苦手だし……」

いや、でも、もちぎママはゲイバーのママっぽい人だけど、そこまで気負うことなく話すことができるな。オンボロの屋台だからだろうか。

と考えていると、後輩は私の顔を覗き込んだ。

「どっか寄るんですか？」

「え？　うん」

「へぇ、珍しい」

「って言っても、すぐそこの屋台そばだけどね」

「屋台そば？　虎ノ門にも来るんですね」

「うん。いろんなところを回ってるんだって。なんか変わった餅の妖怪がやってるところなんだけど」

　すると後輩は目を見開いて、

「もちぎママの店⁉」

　と言って、私の腕をつかんできた。

「うん。何、知ってるの？」

「知ってますよ！　こっちの界隈では有名なんですよ。ゲイバーを辞めてから作家をしつつ、屋台そばを経営している……ある意味伝説のゲイです」

　そんな話、初耳だ。しかも、なぜ後輩がもちぎママのことをこんなに詳しく知っているんだろう。それに、もちぎママってそんなにすごい人間だろうか？

　訝《いぶか》しく思いつつも、「……あ、そっか、後輩ってゲイバーとか行くんだっけ？」と世間話を振る。

「ゲイバーやミックスバーですね、自分みたいなトランスジェンダーも入れるところしか行かないっす。ていうか、もちぎママがいるところなんて、自分も行ってみたいっす！　今日の予定ちょっと休んじゃうんで、一緒に行きましょうよ！」

後輩は私にそう詰め寄ると、制服をさっさと着替えてしまった。私はなかば無理やり腕を引かれて、2人でホテルを後にすることになってしまった。

♫もも〜もも、ももも〜も〜

「いらっしゃい、みっちゃん。あら、今日はお連れさんもいるのね」

終電まで1時間。都会の喧騒《けんそう》の隙間に立ち上る湯気。

今日ももちぎママの屋台そばはいつもの場所に台車を寄せて、立っていた。

「うん。私の後輩」

私はもちぎママに後輩を紹介する。

「うわぁ、本当に白いし動いてるっす……」

「でしょ。ぬりかべみたいだよね」

「あんたらしばくわよ」

冗談もほどほどに、後輩はさっそく席に座り、キラキラとした目でママを見つめる。

古びた椅子は、2人で座るとギシッとしなり、ますます壊れそうな音を立てた。

「ママ、今日のラーメンは？」と私が聞くと、ママは寸胴の火を強めた。

「今日は冷えたからね。味噌唐辛子ラーメンよ」

「じゃあ、それ2つ！」

後輩がはしゃぎながら注文した。


すぐにどんぶりが2つ運ばれてくる。

熱々の湯気の先には、細切りにした赤唐辛子と、青々しいネギが乗っている。その下には分厚いチャーシューと粒の立ったコーン。香辛料のエキスが漂う赤味噌のスープからは、香ばしい香りがした。

「いただきます」

私たちは同時に麺をすすった。

味噌の甘さの後を追うように、辛さが立ち込めてくる。

それがたまらなくて、すぐに2口目に手が伸びた。

「いやぁ、うまかったっすね〜。食後にビールが飲みたくなるっす」

「あるわよ。小瓶でいい？」

「マジっすか！　やったー！」

「銘柄は？　３つ用意してるけど」

後輩ともちぎママが話し合う間、私は２人をじっと眺めていた。

……昨日言われたこと、反芻《はんすう》する。

だけど人を眺めていても、結局すぐには自分自身なんてわからない。

いや、そもそも他人から本当に自分なんて理解できるだろうか、という気すら湧き起こった。

「それで、後輩さん、あんたえらく慕《した》ってるのね、みっちゃんのこと」

後輩がビール瓶を私のグラスに向けて傾けるさまを見ながら、ママはそう漏らす。

「まぁ、尊敬してますよ。ね、みっちゃん先輩」

「本当に？　怪しいな。いつも私に生意気言うし、からかってくるじゃん」

私は飄々《ひょうひょう》とした後輩を睨めつけながら返す。

「はい、ママもどうぞ」

「あら、いいの。ありがとね」

後輩は小瓶をママにも向けた。ママは小さなタンブラーを用意して酌を受ける。すぐにもう1本冷えたビールを用意して、後輩のグラスにもママが注ぎ返した。

「では乾杯！」

後輩が音頭をとり、いっせいに飲み交わす。

冷えたグラスが唇に張りつき、ビールの泡が口に広がる。それからすぐにビール自身が喉を抜けて、一気に辛さと痛みを吹き飛ばした。

「いやぁ、うまいっす。ネッ」

「そうだね」


初めて後輩とお酒を飲み交わしたが、確かに職場と変わらず接してくれる様子は、思慕の表れなのかもしれない、と初めて気がついた。

「にしても、こんないいところにこっそり足しげく通ってたなんて……。ずるいっすよ、みっちゃん先輩」

「そう？　でも通い始めたのは最近だよ。ね、ママ」

「そうよ。あたいも虎ノ門なんて久しぶりに来たし、それまで品川にいたからね」

後輩は「へぇ」とつぶやく。

「ところで後輩さん、あんた素人じゃないわね。どっかの店子《みせこ》してた？」

「うっ」

後輩は嗚咽《おえつ》のように声を漏らす。

「店子って？」と私は尋ねた。

「ゲイバーやミックスバーの従業員のことよ。お酒の注ぎ方、乾杯するときのグラスの合わせ方……素人じゃなかったわ」

するとと後輩は観念したように頷いた。

「前にちょっとだけ……。つーか、今も、パーティーとかのときにはヘルプで入るっす。最近は木曜にずっとチーママのお手伝いに行ってたんですよ」

「そうなんだ、副業ってやつだね」

私はビールを飲み干し、自分で注いだ。

「でもなんで？　お金困ってるの？　ホテルの仕事ってそんなにお給料よくないけどさ、君って1人暮らしとかだっけ？」

「いやぁ、みっちゃん先輩にはわかんないかもしんないっすけど、お金だけじゃないんですよねぇ。ね、もちぎママ」

「そうね。みっちゃん、後輩さんはね、自分らしく楽しく働けるから店子してるんだと思うの」

「自分らしく？」

するとと後輩はビールを口に含んで、意を決したように言った。

「自分、まだまだ中途半端な体なもんで、ホテルのお客さまはともかく、従業員内では気を使うんすよね。トイレだって自分の性別で入ると一瞬ギョッとされますから」

「ああ、それで人気の少ない階のトイレにわざわざ行ってたんだ……。気づいてなかったや、ごめんね」

「……みっちゃん先輩は、自分に普通に接してくれたんで、だからこうやって慕ってるんすよ」

……いや、それはまぁ、私が仕事に必死で、後輩の事情にまで気が回らなかっただけなんだけどね。

「なんかさ、後輩って、なんでもテキパキこなすし、みんなに気に入られてチヤホヤされてるようなイメージあったけど、そんなにも大きな悩み抱えてたんだね」

「え～、自分、チヤホヤされてます？　まだ新人なほうだから甘やかされてるだけですし、シェフによっては自分のこと腫れ物あつかいしてる人もいますよ」

「そうそう、そういうのって本人は特に気づきやすいわよねぇ」

もちぎママの言葉に、後輩は深く頷いた。

「つーか、自分はみっちゃん先輩のほうがいいなぁって思いますよ。憧れっす」

「ええ⁉　私が⁉　失敗ばかりして頼りないでしょ、私なんて」

「そんなことないっす。確かによく失敗してるけど……。それは人の3倍働いてるからでしょ。失敗するリスク上がりますって」

「……え？」

「みっちゃん先輩、多分まわりのために動きすぎっす。人の数倍走り回ってるんじゃないですか？　だから英語話せるスタッフなんて他にもいるのに、みんな、みっちゃん先輩にヘルプ出して働かせて……。上司もそうっすよ、あの人、みっちゃん先輩に対してめちゃくちゃ期待してるから、だから指示出すし、叱るし、甘くないんす」

「そうかな……」

そんなこと言われてもピンとこない私を見て、後輩は少しさみしそうにした。

「みっちゃん、あんたきっと人の顔色ばかりうかがって、顔は見てこなかったのよ」

もちぎママはポツリとそうつぶやく。

「そう！　そんな感じっす。仕事に熱中しすぎで、ちゃんと人の言葉を聞いてないんすよ。言葉って全部、それを発する真意や裏がありますから、それを感じてほしかったっす」

「……仕事に熱中してたんじゃないよ、自分にだけ必死になってただけなの」

私はぬるくなったグラスを手にしたまま、そう漏らした。

「みっちゃん先輩、自分は、いくら高級ホテルというきらびやかでカッケー世界でも、やっぱり性別とか働きづらさってあると思うんす。実際働いてる人間は、みんなただの人間で、いろんなやつがいますから。でも、みっちゃん先輩は女性である逆境や、ガラスの天井を物ともせず、自分のスキルとがむしゃらな性格を武器にバンバン前線に立ってるじゃないっすか。それが憧れだったんす」

「後輩……。なんで、それを普段から言ってくれないの」

「……今までのみっちゃん先輩なら、皮肉だと思って受け止めてくれなかったと思ったんです。でも最近の先輩、ちょっと雰囲気変わったから、言えるかなって。……まぁまぁ勇気がいるカミングアウトなんすよ？　ちゃんと聞いてくださいね？」

「はいはい。でもありがとうね。今日は奢《おご》っちゃる」

「わーい、じゃあ、おかわり！」

「待って」

私は後輩と、新しくビールを取り出すもちぎママを制した。


「さて、今日もごちそうさま」

後輩がタバコを吸いに席を立ったので、お会計をすませてもちぎママに頭を軽く下げる。

「ママ、ありがとうね」

「何がよ」

「おかげで後輩と少し仲よくなれたし……誤解もなくなった。それになんか気持ちもスッとしたよ」

「あたいはなにもしてないわ。後輩さんにお礼を言いなさい」

「そうだね」

もちぎママはお会計を小さな金庫にしまって、それからこちらを見た。

「ずぅっと自分で見た自分自身ばかりだとね、見慣れちゃって何がよくて何が悪いかわからなくなるときもあるの。そんなときはまわりの声を素直に聞くことが大事なのよ。観察とは言ったけど、言葉もちゃんと冷静に見なきゃダメよ」

「……そうだね」

「……全部自分と比較してしまう自意識過剰を捨てたら、自分に何があって何が足りないのか、きっともっと見えてくる。そこから努力すればいいのよ。理想ってやつは上にあるんじゃなくて、ずっと目の前にあるものなの。今度はそれを見据えてがんばりなさい」


ママは暖簾を下ろして、ふぅと息を吐く。

「……ずっと私は、ちゃんと見てなかったんだなぁ」

「そうね。知ってるでしょう？　動いてる景色を見たとき、近くのものは早く見えるけど、遠くのものはゆっくりと見える。新幹線の中から見る富士山がずっとそこにいるのと同じね。人生もちょっと一緒でさ、あまりにも近くのものを追いかけると速すぎて慌ただしくなるの。もっと視界を広げて、自分以外を眺めてみなさい」

「うん」

「じゃあ、みっちゃん、とりあえず今日もまた聞くわね。《幸せになりたい？》」

私はもちぎママの質問に頷いた。

「うん、自分なりに、なっていきたいかな」

私は照れ臭かったけど、そう答えた。

もちぎママは「そうね」と言いながら、屋台の椅子に深々と腰掛けた。

その瞬間、老朽化した椅子がミシミシと音を立て崩れてしまい、ママは背中からコンクリートに身を打ちつけ、大きな衝撃音が響いた。

「幸せになりたいわ……あたいも」と言いながら、もちぎママはおいおいと泣いていた。

あたいってば、
人の面倒見てる
場合かしら

3杯目　生きる意味

後輩とラーメンを食べた日の、次の土曜日。

私は弟に英語の勉強を教えていた。

「弟よ、私は頼りになるか」

「何、その聞き方……」

弟は参考書をにらみながら呆れたように言う。

「なるの、ならないの？」

「英語の勉強では頼りになるよ。理系科目では姉ちゃんってからっきしだけどね」

ひと言多い弟の頭を小突き、私は笑う。

「それで、メイコは？」

「ん、メイコ姉ちゃんは、部屋だと思うけど」

「いつも英文レポートのチェックしてって言ってくるくせに、今日はこもってるんだ」

私がそう言うと、弟のケンジは気まずそうに、

「お母さんと喧嘩してたからね。それでじゃない？」

「なんで？」

「ほら、メイコ姉ちゃんってグローバル系の学部で、結構パリピじゃん？　遊んでる男がヤンチャなやつばっかだから、お母さんがお節介焼いてさ。『そんなところで彼氏つくったら

ダメよ』なんて言ったんだ」

「それで、メイコはなんて？」

「『なんで遊ぶ男みんな彼氏候補みたいなテイで話すんだよ。みんな友だちだ』って言って、絶賛喧嘩継続中。ミチコ姉ちゃんが味噌ラーメンの匂いまとって帰ってきた日だよ」

そう嫌味を言ってくるので、またケンジの頭を小突いた。

「またあんたにも食べさせたるから。ほら、とりあえず次の長文、解きな」

私はそう言い残してケンジから離れる。

リビングではお母さんがメロドラマを退屈そうに眺めている。

私もなにか言われたら困るので、そそくさと自室に戻った。


翌日、事件が勃発した。

リビングでメイコとお母さんの声がすると思ったら、ついにメイコが声を荒らげて、

「お母さんは人のこと詮索するけど、なんもわかってない！　どんな男とつるもうが私の勝手だし、そもそも勝手に憶測で変なこと言わないでほしいんだけど！　誰とつき合おうが自

由っしょ！」

と言い放ち、応戦するように、

「メイコ！　お母さんは心配してるの！　知ってるでしょう。お母さんがどれだけ苦労して子どもを産んで育てたか……あなたは女の子だから、ちゃんとしてほしいの！」

なんて私も耳がタコになるほど聞いた言葉を投げかけた。

「お母さん、もううんざりだから言っとくけど、あたしレズビアンだから！　ちゃんとなんて……できないの！」

「え？」

メイコはお母さんの反応を見る前に、家を去って、結局日曜は帰ってこなかった。

♫ももも〜ももも、もももも〜も〜

月曜の夜。秋の夜長らしい深い闇が広がる虎ノ門の空。

仕事終わりの私は、後輩を引き連れてもちぎママの店に吸い込まれていった。

「いらっしゃい～、仲よしお2人さ～ん」

「うん……」

「あら、元気ないじゃない。どうしたの」

「わかんないっす。みっちゃん先輩、上司にも怒られてないし、ミスもしてないのに、今日1日ずっとこんな感じなんす」

私は正直、上《うわ》の空でこの場所まで来た。

自分のこと以上に、大きな問題だと思ったから。

「2人になら相談できるかなって思って……」

「じゃあ、ラーメン食べてから話しな」

もちぎママは寸胴を火にかけた。


「ほーい、今日はシンプルに煮干しラーメンよ」

「ママ、いつもラーメンスープ凝《こ》ってますけど、どこでつくってるんすか……」と後輩はツッコむが、もちぎママは「企業秘密」とだけつぶやいた。

どろっとした濃いスープに、太麺が盛り込まれている。ネギとすりごまと煮干しのガラの揚げたもの、大きな煮卵に焼き海苔が具材として乗っていて、モヤモヤとした頭をすぐに食欲一色に変えてくれた。

「いただきます」

「いやぁ、ひと仕事終えた後にこの塩気、いい感じっすね～」

「でしょ？　これでまた1週間がんばれるわよ。じゃ、お口直しにビールでもいっとく？」

もちぎママにうながされるまま、私たちはビールの栓を開けてもらった。

そして私は口を開いた。

「――妹さんがレズビアンで、カミングアウトして家を出た？」

乾杯してからことの経緯を語り、自分の中でも整理をつけていく。

2人は最後まで耳を傾けてくれた。

「他の家族は大丈夫だったんすか」

「うん、まぁ……。弟は別にいつもどおりだけど、お母さんはけっこうショックだったみたいで、ご飯も食べずにボーッと書斎に籠城《ろうじょう》してる。お父さんはもういつもどおりノータッチで動じてもない」

「あらまぁ、でもまぁ……カミングアウトはすんなり受け入れてもらえることが少ないからねぇ」

もちぎママは空になった器を水の張ったシンクに落としながら話す。

「やっぱりもちぎママも後輩も、２人とも大変だった？」

「まぁ、それなりにね。でも今はとにかくみっちゃんの家の話よ」

私は頷いた。

「みっちゃんはどう思うの？」

「私？」

「そうよ」

「私は別に……。ただ、やっぱり、お母さんのお節介は行きすぎだけど、気持ちはわかるかも。大事な娘にはやっぱちゃんと彼氏つくって、子どもつくってほしかったんじゃないかと思う。お母さんは私たちをほんと自分より大事に育てたと思うから……」

「……そうね。あたいらも自分で産めないから、親御さんの気持ちは推し量ることしかできないけど、でもきっと受け入れるにはエネルギーがいるわよね」

「でもね、私は、もちぎママにも後輩にも出会えたから、言えることなんだけど……」

「なんすか？」と後輩は身を乗り出す。

「こんなにも精一杯生きていて、一緒にいて楽しくて、それで人を幸せにしてくれる人たちを、異性と結婚して子どもが産めないからってかわいそうだとは思えない。それだけは、お母さんに伝えたい」

　私がそう言うと、

「……そうね」

　2人はうれしそうに微笑んでくれた。

「生きる意味なんて人それぞれだからね。これは別にLGBTのようなセクシャルマイノリティーの問題だけじゃないわ。みっちゃん、あんたもよ」

「私？」

「異性が好きで、法律のもと認められて結婚することができて、なおかつ子どもが産めるような人間だろうと、それをしなきゃならないわけじゃない。人生の意味は《選択肢の豊かさを見つける》ってことにあると思うの」

「選択肢の豊かさ……？」

「いらない義務とか、余計なこととか、常識に縛られた《しなきゃならないってこと》を1つでも減らして、自分で選んだってことを1つでも多く増やすこと。つまり自由な意思選択ってやつね」

「自由、か……」

遠い世界の言葉のように聞こえた。

「だって人間は産む機械でも、完全な社会の歯車でもないんだから」

「そうだね」

「それを義務だなんて言ってるけれど、あたいは自由があってこその義務だと思うの。それに、人に言われて取った選択は、失敗したときに他人のせいにしやすいからね。

自分の責任で人生を生きるためにも、自立して立派になるためにも、人は自分の意思で生きるの。その意思で選ぶ選択肢が《豊かさ》なんだと思う。同じ結婚でも、強制と自己意思はまったく違うでしょ？」

「……」

「だから、妹さんも、お母さんも、みっちゃんが救いなさい。開放してあげるのよ」

「わ、私が？」

私は大それたことなどできないし、今も自分のことで手一杯なのに、と思ったけれど、もちぎママの真剣な眼差しを見て、頷いてしまった。

ママが私の言葉を聞いて、そして答えてくれたのだから、きっと今の私にもあるんだろう、2人を助けるための言葉が。

「私、ほんとになにか言える気がしないけど。だってLGBTとかもよくわからないし」

「確かに知識は大事よ。歴史や言葉が当事者のプライドや生活をつくってきたのだから、なにも知らないまま首を突っこむのは大変だと思う。だけどみっちゃんはもうすでに当事者の友だちを2人知ったでしょう？　体感を身につけた人間の言葉は、きっと大きな意味を持つんだと思うの」

「そうなのかな」

「そうよ。だって大学で英語を勉強していたときよりも、今、外国のお客さまを実際におもてなししてきたみっちゃんのほうが、過去のみっちゃんよりずっと気持ちがわかるでしょう？

みっちゃん、きっと今なのよ、過去の経験に意味を与える時期は。みっちゃんのためにも、家族のためにも、チャンスを無駄にしないように話し合ってきたら、どう？」

ママは、本当に私のお母さんのように温かい目で私を見つめていた。

妹が
レズビアンで
ケンジ
お母さん
ミチコ
メイコ
私たち
子どもに
結婚してほしい
と願う
お母さんには
きっと
受け入れがたい
だろう
だけど
お母さんの
ために
結婚することは
妹の
幸せだとは
絶対に
思えない
いや
そうか

私だって
そうか
異性愛者だろうと
同性愛者だろうと
関係ない
ザバァ
みんな自由でもいいんだ
こしょうぶっかけるとウメーっす
あんたの後輩自由すぎるわよ

翌日、夜勤を終えて朝、家に帰ると、メイコの靴があった。

「友だちのとこ、泊まってたみたいだよ。大学もサボってほっつき歩いてたみたい」

高校の制服を着た弟は、玄関先で私に教えてくれた。

「そっか、わかった。ありがとうケンジ、行ってらっしゃい」

「ほいほーい」


まずはメイコの部屋を訪れる。

「ねぇー、メイコ、いい？」

「ん？　みっちゃん、何？」

「ちょっと話があるんだけど」

「えー、まぁ入っていいよ」

私は扉を開けて、メイコの顔を見た。

いつものメイコがそこにいた。

「で、みっちゃん、話って?」

「んー、いや、とくにないんだけど、というか、むしろ逆に話を聞きにきたっていうか」

言葉に詰まる私を見て、むしろ余裕の笑みでメイコは微笑む。

「何それ、笑うんだけど。ああ、私がレズビアンだってこと心配してんの? お母さんみたいだね」

「……多分、前の私ならただ心配してたと思うし、かわいそうな妹だと感じたと思うよ。でも今は違う」

「……」

お互いの間に緊張が走る。

私は思い切って、切り出した。

「……最近、プロのオカマさんが切り盛りしてる屋台そばに、トランスジェンダーの後輩とご飯食べに行ってるんだ」

「え?」

「あとさ、その後輩がたまに掛け持ちしてるミックスバーに今度飲みにいく」

「ええ? 待って、みっちゃん? どうしたの? え? どういうことなの、え?」

私なんかよりメイコのほうがたじろいでいたので、私は思わず笑ってしまう。

「本当たまたま出会った友だちでさ、仲よくしてるの。すごく楽しそうだよ、２人ともね。メイコも今度一緒に行ってみる？」

「う、うん。てか、みっちゃん、なんか変わったね」

メイコは狐につままれたような顔のまま、流されるようにそう漏らす。

「そうかな。まだ私も全然だよ。自分のことで手一杯で、なんも変わってないよ」

私はそう言ったあと、ベッドでこちらを見上げるメイコを見下ろす。

「メイコもなんにも変わってないよ」

そう残して、次はお母さんのいる書斎に向かった。

メイコは照れ臭そうに笑っていた。


お母さんは私をつくった人だ。

私という命をじゃない、私という人間を、だ。

私は彼女からの教育をたくさん受けて、考えを色濃く受け継ぎ、大人になったことを自覚している。

いつもなにかに文句を言って、わりと頑固で、幸せになりたくて不幸を恐れているのも一緒だ。

私にとっての幸せとは誰かに用意してもらって、他人より満たされることだった。

お母さんにとっては、子どもが人並みに――いや人より幸せになることだったんだと思う。

ならば、今、お母さんの幸せになるための目標や希望である子どもが、お母さんの求める幸せを手に入れようとしないとわかったとき、いったい彼女は何を生きる意味にすればいいのだろう。

「――お母さん、入るよ」

書斎の奥には、気もそぞろに本を眺めるお母さんがいた。

「みっちゃん、ごめんなさいね、お母さん……」

「……何を謝る必要があるの？　なにも悪いことしてないよ、お母さんも、メイコも」

「……」

「ねぇ、お母さん。お母さんにとって幸せって何？」

「……それは、子どもたちに幸せになってもらうこと、だけど」

「でしょ？　それって、結婚が必須かな？」

「みっちゃんまで、そんなこと言って結婚しないつもり？」

私は笑顔で首を振った。

「わかんない。けど、するにしても《言われたからする》んじゃないと思う」

「……」

「選ばせてよ、自分の意思で」

「……」

お母さんは本を閉じて、こっちを見た。

「お母さんはさ、子どもを幸せにしたら幸せになるんでしょ？　それってお母さん自身が感じる幸福なの？　それとも私たちがお母さんのために用意して与えるものなの？」

「みっちゃん……？」

「……私はさ、社会に出て、今までの勉強だけじゃ追いつけない人間性だとか仕事力だとかで挫折しまくってさ、しかも能力不足を他人の評価や運のせいにしてきたし、彼氏にも当たってきた。どうして私を認めてくれないのって、些細《ささい》なことでも食いかかって喧嘩してきたの。それに、彼氏とうまくいかないのも、お母さんが結婚を急かすせいだとも思ってたよ」

「ごめんなさいね、お母さんが悪いね……」

「ううん。全部、人のせいにしてきたの、私がね」

「みっちゃん……。話してくれなかったから、つい、お母さん、ごめんなさい」

「私こそ、ちゃんと話さず勝手にうらみ節で接してたから謝る。ごめんね。……でもね、今は少し変われそうなんだ。幸せは人に用意してもらうものだけじゃないって思えるようになった。自分で手に入れるためにまずは自分の見方を変えようと思えたの」

「そうなのね……」

「うん。……でも、ごめんね、まだ安心させてやれなくて。やっぱり人ってすぐには変われないからさ、牛歩でもちょっとずつになると思うんだけど、でも進んでみようと感じてるの」

「えらいわね、みっちゃんは。……お母さんはもう、若くないから……」

ああ、人を見てわかった。

卑屈な考えとは、このことだ。

「お母さん、私、なにも生まれ変わろうとまでは思ってない」

お母さんがなにか言いたげだったのを遮《さえぎ》って、そう答えた。

「今は、自分が何を持っていて、何を持っていないのか見直す期間だと思ったの。だって自分が持ってるもの、全部なしにして不幸って思い込むのなんて現実逃避だもんね。それで友だちもできた。いや、今までもいたんだけど、ちゃんと仲よくなれた。

……お母さんも、全部失ったわけじゃないよ、なにも失ったわけじゃないんだよ。メイコは元気に生きてる、幸せになろうとしてる。その人生を応援してあげて。きっとメイコの幸せは、お母さんの幸せになると思うから」

「みっちゃん」

お母さんは、立ち上がってこちらを見た。

「お母さん、ずっといろんなことを我慢してきて、子育てに専念して生きてきたの。だけどそれを全部不幸だとは思ってないわ。お父さんの仕事も、みんなのこともすべて応援しようと決意して若いころに退職したから。

……でも、それだけが幸せになる唯一の道だと信じるために、自分の生き方を正当化するために……子どもに結婚を押しつけるの、やめにしなきゃ、よね」

「お母さん」

「……みっちゃんたちががんばって自分の生き方で生きてるのを邪魔する大人なんかに、本当はなりたくなかった。女なら家庭に入れと言ってきた昔の職場の人間や、お母さんの親と同じだからね。

だから私は、自分で自分の幸せを奪うことやめにする。みっちゃん、ありがとうね」

ああ、お母さん。

お母さんはずっと、私なんかより大人だった。

私がもちぎママに言われるまで、ずっと見ようともしてこなかった自分の生き方を、ここまで1人で変えようとできるなんて、しんどかっただろうに。

「お母さん、ありがとう、ちゃんと話してくれて」

「みっちゃんも、ありがとうね、なんだかみっちゃん変わったから、お母さんも話せたわ」

「そう？　私、変わった？」

「うん。顔がテカテカしてて、輝いてるわよ」

……それはきっと、ここ最近ずっとラーメンを食べながらお酒を飲んでいるせいだ、とは言えなかった。


♫もももも〜ももも、もももも〜も〜

翌日、私は懲りずに仕事終わりに屋台そばに訪れた。

「いらっしゃい。あら、今日は1人？」

「うん、後輩は夜勤だから入れ替わり」

「そうなのね。今日はお腹に優しいごま鶏白湯ラーメンよ」

その丼には、白濁色のスープを覆うように鶏燻製とすりごま、大きなメンマを飾ってあり、まるでもうすぐ訪れる冬のような淡い見た目があった。

「いただきます」

味は香りと出汁一筋。肉の甘みに癒やされながらスープをすすった。


私は空になった丼を返し、ママと焼酎の杯を交わすことにした。

「それで、大丈夫だったのね」

「うん。まぁ、あとはお母さんとメイコが2人で話すよ。少しずつ仲直りしていけると思う」

「そりゃよかった。きっと、2人とも役職から離れて生きられるわよ」

「役職？」

私は聞き返す。

「そう。お母さまは《母》あるいは《良妻》という役職、メイコさんは《若い女》だとか《異性愛者》としての……いわゆるレッテルね。どっちも女性という属性から派生してる呪いみたいなもんよ」

「フゥン」

「もちろん、これは誰だって持ってるの。あたいだって異性愛者だと思われてる間は、やれ妻はいるのか、どんな女性がタイプなのかって聞かれるし、ゲイだと隠してるなら、ごまかすしかないわけよ。レッテルに合わせて生きるのって無駄なことなのにね、どーしようもないときはあるわけ」

「ねぇ、ママ、ＬＧＢＴの人ってやっぱりみんなそういうのって困ってるんだよね？　妹の場合、ずっと異性愛者だと思われてしんどかったのかな」

ママはふっと鼻で笑う。

「まぁ、嫌だって人はいるわね。自分を偽ることがしんどいって感じることも人によってはあるでしょ。あたいは気にしないけどね。レッテルとか先入観は後から話し合ってなくしていけばいいのよ。誰だって持ってしまう社会ツールみたいなものなんだから」

そう言われると、少し気が楽になる。

メイコに対して異性愛者としてあつかっていた罪悪感が、ちょっと和らいだ気がした。

「後輩さんもそうよね。あの子の場合、見た目でもレッテルを張られるからね」

「そうだよね、後輩、大変だと思う」

「あと、みっちゃん、あんたもよ」

「私も？」

私は思わず目をパチクリさせた。

「結婚しろってお母さんに言われてたのでしょう？　それも《健康な異性愛者なら早く結婚して子どもをつくるもの》という役目の押しつけがあったからよ。そして言ったでしょう、人生の生きる意味は《選択肢の豊かさにある》って」

「うん」

「《みっちゃん》という1人の人間と、《女性》という1つの属性、どっちのほうが選択肢は多い？」

「……私、個人」

私が答えて、もちぎママは頷いた。

「そう、でもみっちゃんはみっちゃんだけでなく女性でもある。属性もあくまで1つの付属品、取り外せるものではない。だけどこれが義務であってはならないと思うわ。

みっちゃんという個性が消えて、女としての人生だけ押しつけられるのなんて、あってはならないでしょう？」

「そうだね……」

「だから、大丈夫。もうお母さまも、メイコさんも演じる必要がないんだから。自分らしさをまずは選択して生きられるわよ」

「だね、うん。本当そうだと思う」

私は米焼酎のお湯割りを飲み干す。

「……でもこうなると、また焦ってきちゃうな」

「何がよ？」

「私だよ、ママ。私、これから成長して目標を探す、自分を見直すって選択肢は選んだつもりだけど、その先だよ」

「何か不安なことがあるの？」

「うん……言うなればそうだなぁ、何が不安として訪れるかわからないのが不安って感じ」

「あら」

「私、今まで成り行きで勉強して、ホテルの仕事に就いてきたけど、この先は目の前に出された課題に取り組むだけじゃきっとダメなんだと感じてるの。

学生気分の子ども、下っぱ根性の若造、過保護の母の娘じゃいられない。自分で考えて、誰かに責任を押しつけることなく問題に取り組んだり……なにかもっとちゃんとした理由で生きないと、大人になれないと思って焦ってる」

「え？」

「みっちゃんらしくなったわね、もうこの店を卒業かと思ったけど、まだまだみたいだわ」

もちぎママは、ふっと笑いながらお酒を飲む。

「青臭い理由で、微笑ましいってことよ」

「もちぎママ、そんなに私と歳離れてないでしょ……」

「おだまり。さて、みっちゃん、さっきあんたは成り行きでやってきたって言ってるけど、本当に流されるままで、自分の意思もなくここまでやってこられたのかしら」

「ん……。いや、そりゃなにかしらやっぱやってて楽しいことや、やりがいは感じてきたよ。自分で専攻も選んで勉強もしたし」

「でしょ？　でも《みんなそんなものかもしれない》とは考えなかったの？」

私はお湯割りのおかわりで手を温めながら、考えた。

「……そっか、《うまくいってるように見せるのがうまい人がいる》ってことと、焦って近視眼的になってると《自分にないものばかり目が行く》ってこと？」

もちぎママに教えられたことを復習するように答える。

「そう、そして《物事は白黒ばかりじゃない》ってこともね。つまり程度ってことよ。みんな人生すべて完璧に意味を持って生きてきたわけじゃない。選ばざるを得ない選択肢でやってきた人間もいる。

多かれ少なかれ、みんな理由があるし、逆に必然性もなくやってきたことだってある。そんなもんってこと。そしてこれも言ったでしょう——過去に意味を与えるのは未来だ、ってのもね」

「……うん」

「今の努力が、今理解できなくても、いつか意味があったって言えるようになるかもしれないわ。そして、未来の不安も今のおかげで解決できるかもしれない。無駄だったたって思うのは、自分がそれを無駄にできる未来に進んできたからなの」

「……」

「みっちゃん、だからもし過去の意義を見出したいなら、そういう未来に進めばいいし、この先の不安も選べばいいと思うの。不安は一生ついてくるわ。でもそれなら自分で選んだ不安の方がマシじゃない？　だから不安そのものを恐れないで」

「……めっちゃ強気だなぁ」

「でもそれくらい強気に出ないとね。そうでしょ、未来のホテル支配人」

「ええ？　そこまで強気に出られないよ」

「でも立派な大人になりたいんでしょう？　今のままじゃダメで威厳が欲しいってことなら、そういうモデルケースがまわりにいるんじゃないの？」

「うーん、まぁすごい大人ならいますけど、仕事ぶりと憎まれ口が……」

「じゃあ、そいつに負けないように、シャキッとしな」

「あ〜、なんかね、その上司にもよく言われる。シャキッとしなって」

「ふーん……？」

もちぎママはお酒を飲み干す私を見ながら、なにか頭に浮かんだように声を漏らした。

秋空の寒さが深まり、お酒でも手足の温もりが取り返せない頃合いになってきた。

そろそろおいとましよう。

「じゃあね、ママ、今日は早いけど帰る」

「あら、そうなの」

「うん、ちょっと、運動しようと思ってね……英語のリスニングでもしながら、ランニングしようかなと……」

「ふぅん、どういう風の吹き回しなのかしら」

「ラーメンと酒のせいだよ……」

私はお会計をして、もちぎママに挨拶をしてから店を去る。

家まで走って帰ろうかとも思ったけれど、さすがに私服で夜道を走っていたら通報されそうなのでやめた。

「あ、そうだ。明日は夜勤だから、ママに来られないって言っておこうかな」

そう思って踵を返したら、

「あ」

私の元彼——ショウジが、もちぎママの店の暖簾をくぐったのが見えた。

意外とみんな、
自分で選んだことだけ
やれてるわけでもないの

4杯目　恋と愛

あのときいたのは、やっぱりショウジだったんだろう。

見間違うことはない。

というか、確信した。

なぜならショウジのＳＮＳのタイムラインに、あの日のもちぎママのメニューだったごま鶏白湯ラーメンの写真が上がってたから。


♫ももも〜もも、もももも〜も〜


「いらっしゃい」

「もちぎママ、今日のラーメンは？」

「今日は黒坦々ラーメンよ」

湯気とともにラー油の香りもふわりと乗る。

動悸がする私に、ちょうどいいラーメンだ。

「今日は、私ひとりかな、お客さん」

私は世間話のふりをして、それとなくママに水を向ける。

「言ったでしょう、悩める人しか来ないって。その悩みを抱えた人と、関係する人しか同時に訪れないの。だからみっちゃんがいないときは、意外と他のお客さまがいらっしゃってるのよ」

「フゥン。例えば？」

「秘密。守秘義務よ」

私はいてもたってもいられなくなって、ついにスマホの画面をママに見せた。


「この人、来てたでしょ？　私、入れ違いで見かけたの」

「それで？」

「この人が、私の元彼、ショウジなの」

「あらそうなの」

「？」

別にとぼける様子もなく、ママはあっけらかんと言った。

「聞いてないの？　私の話をしにきたのかと」

「……いや彼は――、ま、ここでの会話は守秘義務だから話せないわ」

「そっか……。ママ、今日はショウジのこと話していい？」

「食べ終わったらね」

同時に提供される黒担々ラーメン。黒ごまと黒ラー油の色で、イカ墨のように黒く染め上げられたスープに、茹でたチンゲン菜やチャーシューが乗っている。香りですぐにお腹が鳴った。

「いただきます」


「はぁ〜。意外と辛《から》かったや。ビールちょうだい。ママも飲んで」

私はキンキンに冷えたビールを注いでもらう。さすがにグラスを持つ指先が冷えて痛いが、でも辛さに悶《もだ》える今の口の中ではその冷たさもちょうどいい。

「で、その元彼との話って？」

「うん。いや、別に連絡取り合ってるわけじゃないからさ、どうしてるかとかは知らないし、さっぱりと別れられて全然満足してるんだけど」

「そうなの？　そんな口ぶりに聞こえないけれど」

「うるさいよ！　本当、いいの……。でももし、私が今こうやってもちぎママにこれからのこと相談してさ、立派に成長できたとき……、ショウジとまたつき合えたら、前みたいに険悪な仲にならずにすむのかなって」

「ああ、あたい言ったもんね、どちらも独り立ちしていないと、泥舟に沈むだけって」

「うん、どう思う？　ママはいろんな恋愛を見てきたんでしょ？　うまくいった恋愛とかさ、復縁したカップルもたくさんいたんじゃないの？」

「いたわよ、でもね」

もちぎママはグラスを置いて、言葉を止める。

「恋愛ってのはね、脳のバグよ。人生においてはわりと非合理で、無茶苦茶な部類の現象よ」

「ええ!?」

「恋愛って書いてバグと読んでもいいわ」

そこまでもちぎママが言うので、私はたまらず驚く。

「もちろん意味のないことだとは思わないわ。必要な人にとってはなににも代えがたい最大級のイベントだと思う。だけど、恋愛は冷静さを奪うわ。今のみっちゃんみたいに」

「そ、そうかな」

「だって今のみっちゃん、成長の目的がショウジを取り戻すためになってなかった？」

「なってないよ、おまけだよ、ショウジはおまけ！　戻ってきたらいいなぁ程度」

「本当に？」

「本当だってば、いいから飲んで！」

私はなかば無理やりもちぎママにビールを飲ませる。

「前も話したけど、依存は分散すればするほど生きやすく、またダメージも負いにくいって言ったわよね」

「うん、未熟者ほど依存を集中しがちで、だから失敗したときに依存先だけのせいにしやすいってことでしょ」

「そうね、そのとおり」

ママはビールを飲み干し、私の冷えた姿を見てか、お湯を沸かし始めた。

「じゃあ恋愛って相性が悪いと思わない？　お互いが依存するように、みんなが思い込んでるから」

「え？」

「ほら、役割の話もしたでしょう？　この性別ならこうすべき……ってやつのこと、あれが恋人だと《恋人ならこうすべき》《俺の彼女ならこうしてほしい》《私の彼氏なら言うことを聞いてほしい》と恋人の規範を押しつけてしまいがちになるの。つまり今までは個人として見られていた関係が、つき合ったとたんに一気に恋人という役割でしか見られなくなる。それで自由度や選択肢が消えてしまうってわけ」

「う……」

思い当たる節があって、耳が痛い。

私はママがつくった麦焼酎のお湯割りをもらい、口に含ませて間を持たせた。

「もちろん、恋人だからこそすべきってことはあるわよ、例えば嘘をつかない、浮気しない、約束を守るってこと……でもこれって人として当たり前なことでしょう？　相手の信頼を裏切らないって話だもの」

「うん、そうだね」

「つまり、恋人になるとつい忘れがちだけど、そもそも人と人が信頼し合い、支え合うのは敬意が必要ってことなの。でもとたんに恋愛になると敬意を忘れてしまうのが、人のサガ」

「そうだね。私もそうだったと思う。実際、彼氏とつき合う前のほうが楽しかったし、仲よかったもん」

彼氏もホテリエ（ホテルマンのことね）で、合コンで出会ったんだっけな。

今やもう、あの楽しかった日々は、嘘のようだ。


「恋愛ってさ、よく、恋は憧れで、愛は支え合うことだとかなんとか言うけれど、結局どちらも敬意なのよ。相手の存在や個性を認めて、それから特別感を持つ。好かれるための努力も、相手を知ろうと思う気持ちも、すべて相手を尊重してるから起こるもの」

「うん、私も、そのとおりだった」

「そして愛は、その関係を継続するために努力することや、たとえ返ってくるものがなくても、相手に尽くすような気概なんだとあたいは思う。

だけど、敬意を《従属すること》だと受け止めちゃダメよ。前にも言ったとおり自立した人間でないと、支え合う関係は築けない。敬意と対等は両立するし、それが2つとも揃った関係が恋人なんだと思うの。つき合ったから、彼氏彼女だから、そこにこの2つの要素が生まれるわけじゃない」

私は返す言葉もなかった。

「私、成長して自立したら彼氏とヨリ戻せるとか思ってたけど、でも結局、それで恋人であるショウジだけ求めてたら意味ないよね」

「うん。また同じように別れるかもね」

「じゃあ、どうすればいいんだろう」

「あたいがね、恋愛はバグって言ったのは、お互いリスペクトや対等な関係を築けばそれが愛なのに、性的指向やタイプでくったとたんに、恋愛と名前が変わって特別な物事に思えてしまうからよ。

つまり家族や友だち、どんな関係でも根本的な愛ってのは一緒、《尊重》なのよ。でも恋愛だけはそれをつい忘れて、違うステージにあるものだと錯覚させてしまうの」

「……でもさ、恋愛だけ違うことってあるじゃんか」

私は小声でつぶやく。

「すけべね」

「いやママ、言い方」

ママはわりと大きな声で言ったので、私は笑ってしまった。

「すけべもね、人間の生み出したバグなのよ。あんなの適当にお互いの卵を渡して終わりにすりゃよかったのに、わざわざ面倒なこととして、体力使ってまでするようになった。それはまぁ、簡単に言えば種の繁栄ってものが生き物にはプログラムされてるからなのよね。それですけべが気持ちがいいと思えるように設定されたの、脳みそが。

そうじゃないと、内臓に棒突っ込まれて快楽なんて生まれるわけがないじゃない。あれも全部すけべの脳内麻薬のせい、恋愛はそれの要素も少なからず影響されてたりするのよね」

「ママさぁ、聞いていい？　嫌な質問だったらごめんね。そんな冷淡なこと言うのも、彼氏いないのもセックスに興味がないからなの？」

「いや、美しいあたいに彼氏いないのはマジで謎だし、すけべは好物。タイプの男がいたら、四の五の言わずにアタックするし、すけべは外せない。こんな理屈っぽいことも忘れてハッスルするわ。ＮＯすけべ、ＮＯライフよ」

「ママ、最高」

私はたまらず吹き出した。

「――ま、確かに、恋人って存在に過度な期待をしてしまうことも、依存の集中におちいりやすいこともわかったよ。うん、そう思うと出産も結婚もリスクあるし、ある意味さ、勢いがないとできないかも」

「そうね。冷静さと情熱、これも同時に両立する。きっと結婚生活やパートナーと長い人はそこらへんの塩梅が上手なのよね。みっちゃんのご両親は？」

「うち？　どうだろう……。確かに、お母さんとお父さんって喧嘩はしてないし、ちゃっかり子どもも3人いるけど、仲むつまじい感じはしないかなぁ」

私はお会計をしながら答える。

もちぎママは、もう今日は店じまいにするのかコンロの火を消してしまった。

「ほい、お酒とラーメンで1200円よ」

「あれ、焼酎の分は？」

「オマケよ。お客さまが入れてくれた店用のキープなの。かわいい子が来たら飲ませてもいいって言ってたから、仕方なしよ。ま、本当なら美しいあたいが全部飲み干すべきなんだけどね」

「うん、じゃあね、ママ」

私はちょうど支払って去ろうとする。

するとまだ下げたままだった暖簾に、外側から手が伸びてきた。

「開いてる？　ママ」

そう言って入ってきたのは、

「ショウジ……」

「みっちゃん！　なんでここに」


ショウジだった。


「いやぁ、実は俺、転職してさ、と言ってもまたホテルだけどね。この近くで働いてるんだ」

「そうだったんだ」

私は席に座り直して、あったかいお茶を飲む。

ママは静かに押し黙って、せっせとラーメンをこしらえている。

……なんで私、座り直してしまったんだろう。

「みっちゃん、そういえば職場、この近くだったね。最近どう？　またルームサービスの上司からカミナリ飛ばされてる？」

「うん、相変わらずね」

「あはは。大丈夫なの？　もし、しんどいなら配属変えてもらって、バンケットやブライダルに回してもらえば？」

「ううん、私、ルームサービス希望だから大丈夫。せっかくやりたいことしてるんだから、なんとかやるよ」

「……！　なんかみっちゃん、変わったね」

ショウジはそう言って、うれしそうに私を見つめる。

「そうかな、よく言われる。ラーメン食べすぎでむくんだ？　とかね」

「あはは。大丈夫、みっちゃんかわいいよ」

「ショウジ」

「なに、みっちゃん」

「私たちさ、より戻す?」

ガシャーン。


地面に金属の衝突音。

もちぎママがおたまを落としたようだ。

「ごめんあそばせ」

ママが新しいおたまでタレを注ぐ。


ああ、ママ、言ってしまった。

やっぱりママの言うとおり、恋愛はバグだ。バグだった。

いい雰囲気に昂《たかぶ》ってしまい、つい口を滑らせてしまう。

すると、ショウジは、

「ごめんね。うれしいけど、今はもう友だちでいよう」

と返してきた。

ずんと頭にのしかかる言葉。

「そっか、そうだよね、ごめん、別れたばっかでそんなこと言って」

「いいんだよ、きっとみっちゃんは仕事で忙しくてさみしいんだろうし……。ほら、俺この前キープボトル入れたから、それ飲んでいいよ」

そう言いながら、ショウジはもちぎママにお酒を出すようにうながす。

もちぎママは気まずそうな顔をしながら、私がさっきまで飲んでいた麦焼酎のボトルを取り出した。

「……フゥン、これショウジが入れたんだ」

「そうだよ、麦だけど飲める？」

「うん、飲めるよ、私かわいいからもう飲んだし」

「……え？」

「ショウジ、あんたかわいい子のために入れたんでしょ？　だから私、飲ませてもらったの。本当ごちそうさまでした」

「あ、ああ……」

「もしかして、私とつき合ってるときからこんなふうに遊び歩いてたの？」

「あ、ああ」

「フゥン。だから私の前では愚痴を吐いたりしなかったんだ。きっと聞いてくれる人がいたんだね」

「あ、ああ……」

正直か。

壊れた機械のように何度も頷くショウジ。

私は机の上に1000円札を置いて、言ってやった。

「ラーメン、奢るよ」

「あ、ああ……え？」

「私も、ショウジとつき合ってたころ、ずっと負担になってたし、無理させてたからね。だから遊んでたことも許す。それに今はもう別に……恋人でもなんでもないしね。このラーメンでチャラってことで」

「あ、ああ……！」

ショウジはほっとした様子で、出されたラーメンに手をつけ始めた。


その後、ショウジはラーメンを平らげると、そそくさと店を去っていった。

「……あっちの方角、駅じゃないだろうに。今から遊びにでも行くのかなぁ」

「さぁね……」


私は結局、麦焼酎で飲み直していた。

「もちぎママも、ごめんね、気をつかわせちゃった」

「あたいも悪かったわ。まさかダブルブッキングするとは思わなかったし、あのキープのお酒を飲ませたのも、早くボトルを開けたかったからなの。今度はあたいが1杯奢るわ」

「うん……。ねぇ、でも、もちぎママ、私成長したでしょ？」

「そうね」

「過去に意味を与えるのは、今だって思った。きっとこうやってお返ししないままだと、ずっとショウジに恩を感じて、ずるずると未練を覚えたと思う。でも、私、前を向こうと思って、グッとこらえて言ってやったよ。許すって」

「うん、えらいわ」

「ね。私も許されてきたわけだし、大人にならなきゃって……これでようやく対等でイーブン！　すっきりしたや」

「みっちゃん、あんたはえらいわ。きっとあんたなら幸せになれる、1人でも、恋人じゃない誰かとでも」

「うん、ありがとう」

そうは言うものの、やはりムシャクシャはしたので、その後キープボトルのお酒は、私ともちぎママで全部飲み干してやった。

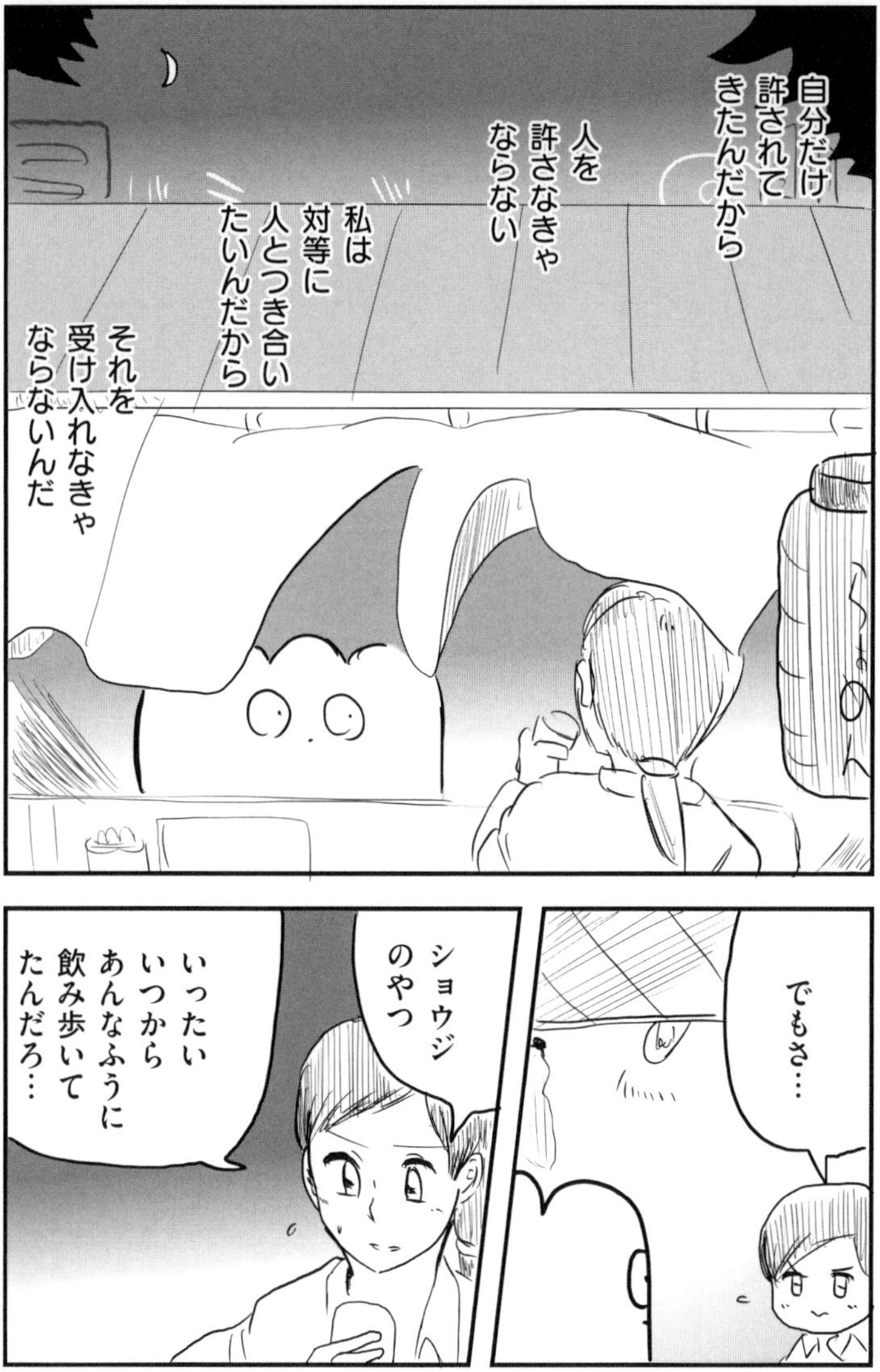
自分だけ許されてきたんだから
人を許さなきゃならない
私は対等に人とつき合いたいんだから
それを受け入れなきゃならないんだ
でもさ…
ショウジのやつ
いったいいつからあんなふうに飲み歩いてたんだろ…

今まで ショウジが こんな夜まで 飲み歩いてる だなんて
聞いたこと なかった けどな
心配かけない ように 言ってなかった んじゃない？
でも 思い返せば…
スマホケースに キャバクラの 名刺が パンパンに 入ってたことも あったな…
ユミコ
仕事の つき合いって 言ってたけど
ギリッ
あいつ…
もうなにも 思い出しちゃ ダメ
酒で 洗い流し なさい

恋愛は脳のバグよ

5杯目　家族というもの

1週間の時がたち、これまでと変わらない日々が続いた。

強いていうなら、元彼との関係が自分の中でようやく区切りをつけられたってことと、後輩と少し仲よくなれたことは進展かもしれない。

あとは妹が自分のことを話してくれて、お母さんが私たちとよりいっそう絆を深めてくれたことも。


日常が劇的に変わったわけではないけれど、少し足取りが軽くなるような思いがした。

……相変わらず、上司は私に厳しいけれど。


「ミチコ姉ちゃん、ちょっと相談があるんだけど」

ある日、仕事終わりに後輩ともちぎママの店で飲んでから帰ってきたときのこと。

深夜にもかかわらず、弟のケンジが眠らずに私の帰りを待っていた。

「夜更かしして、明日学校でしょ？　起きられないよ」

「うん……。まぁ、午前中の授業は寝るから……」

「バカ、ダメだよ。来年、受験生のくせに……」

するとケンジはハッとした顔で、

「そのことなんだけど」

と切り出した。


「俺、オーキャン行ってさ、入りたい大学決めたんだけど、なんというか……姉ちゃんに意見聞きたくて」

「どしたのさ、東大でも行くつもり？」

「東大はいいや、遠いし……」

「距離の問題じゃないでしょ」と私は呆れる。

「うん……。あのさ、俺、ミチコ姉ちゃんとかメイコ姉ちゃんみたいに優秀じゃないし、まんべんなく勉強できないからさ……2人みたいに国公立じゃなくて、理数特化の私学に行きたいんだ。電機系の勉強がしたくて」

「いいんじゃないの？　あんた浪人できないだろうし、ストレートで上がれるなら私学でも」

「でも……」

「私も理系の事情はわからないけれど、でもどこの学校に行っても、やるの自分自身だよ。心配しなくてもケンジなら大丈夫」

私とメイコは同じ大学に行っていた。私は英語がなんとなく得意で、語学スキルを使う仕事になら就けると思ったから。メイコは国際関連の法制度に興味があり、私なんかより立派な理由でその進路を選んだ。

本当は……私は、2人にえらそうに勉強を教えたり、道を説いたりするような人間なんかじゃないんだけどな。

「私と違ってさ、あんたもちゃんとした理由で進学したいと思ってるんだから、えらいよ。立派立派」

私はカバンをソファに放り投げて、話を切り上げるように言い捨てる。

ケンジは悲しそうな顔をして突っ立っていた。

「……姉ちゃんって謙遜じゃなくて、卑屈だよね。俺的には、そんな理由ででも国公立行ける能力あるんだから、嫌味に聞こえるんだけど」

「……そんなつもりはなかったんだけど。どしたん、ケンジ」

「いや、ごめん」

ケンジはいつも減らず口を叩く、皮肉屋だ。私なんかより大人びていてしっかりしている。

と――思って、そこで考えるのをやめていたが。

そこには年相応の不安いっぱいな顔で、私を姉として見つめるケンジがいた。

危ないところだった。

このままだと私は、うっかり見落とすところだった。

ちゃんと、彼の言葉と顔を見よう。


「とにかく、家から通える範囲のところに行きたい。下宿代ももったいないから。……けど、理系って忙しくてバイトもそんなにできないみたいだし……しかも私立大って学費高いじゃん？　理系はなおさらお高めだから、奨学金でまかなえないと家の負担になる部分が出てくるだろうし……どうしようかなって考えてる」

私はシャツを脱いで、洗濯カゴに投げ入れた。

「お母さんとお父さんは？　なんて言ってた？」

「うーん、お母さんは『別にいいんじゃない？』ってさ。あの人、過保護だから、俺が下宿するより全然いいって思ってるんだよ。だけどほら、お父さんは……何考えてるかわかんなくてさ」

「まぁ……、私もいまいちお父さんが何考えてるかわかんないからなぁ」

お父さんは、仕事して帰ってきて眠って、休日は1人で読書や散歩に行っているので、正直話す機会があまりない。

嫌いでも苦手なわけでもないが、よくわからない熟年男性、といった所感しかない。

子どものころは仲よく話した記憶もあるけれど、私の場合成長するにつれてトンと会話が減った。なぜなら私とお父さんは父と娘だから――男女ゆえに言えないこともあるし、私だって男の人には言いたくないこともたくさん抱えていた。それを察してお父さんは距離を取り始めたのだろう。

「お父さんも多分ダメだとは言わないだろうけど、でもさ、念のため姉ちゃんから探り入れてよ。『もしケンジが私立行きたいって言ったらどうするの』的な感じで、いい？　500円あげるから」

「いらんわ。……ま、聞いてやってもいいけど、でも多分お父さんはあんたの言うとおり、口出ししてこないと思うよ？　もういいんじゃない？　お母さんがいいって言うなら自由にやれば」

するとケンジはふぅとため息をつく。

「いくら許してくれるからって、許可を得るか得ないかは大事っしょ。相手は親だけど、それ以前に1人の大人だし」

と、大人びたことを言った。


「あぁ〜、弟くんの気持ちわかるっす」

翌日の仕事終わり、後輩と夜道を歩きながら昨日のいきさつを話していた。

「うちの親も、自分がカミングアウトしたとき、全然いいよって感じの反応で、取り乱して拒否したり、なんか指図してきたりはいっさいなかったんっすけど、逆にそれが嫌だったんっすよね」

「そう？」

「だって自分のこと大事じゃないのかなって思いません？　本気で心配してほしいし、本気で口答えしたいっすよ、子どもとしては」

「受け入れてもらうためにカミングアウトしたのに、でもひと悶着《もんちゃく》欲しいってこと？」

「そっすね、子ども心って複雑なんすよ。みっちゃん先輩もそういうことってないっすか？」

「うーん、わかるようなわからないような」

後輩はスッと視線を遠くに向ける。

「お、今日ももちぎママの店やってますね」

「そうだね」

「っていうことは悩みがあるってことだ、みっちゃん先輩に」

後輩はこちらにも目を向ける。

「うん……、そうだね」

私はふぅと小さく深呼吸した。


♫ももも～もも、もももも～も～

「いらっしゃ～い」ともちぎママ。

「ママ、今日のラーメンは？」

「今日は家系よ」

後輩が「タイムリーなラーメンっすね」と言って、私をからかうように笑いかけてくる。

「じゃあ2つお願い、ママ」

と、伝えつつ席についた。

とんこつ醬油の香るスープが腕になみなみと溜められている。その中の中太麺に丸ごと煮卵が沈み、それを覆うように海苔とチャーシュー、そして茹でたほうれん草が乗せられていた。塩分の濃そうな香りが口内に唾液を蓄えさせる。

「いただきます」


「さて、今日はどうしたのよ」

食後、塩気の効いた後味をビールで洗い流しながら、私はママの顔を見る。

「んー、別に困ったわけじゃないんだけど……。お父さんと弟のことでね。弟が私大を受けたいって話してて。先々のことは見据えてるみたいだし、お母さんもいいよって言ってるみたいだけど……。お父さんには話せてないんだ」

「お父さま、厳しい方なの？」

　私は首を横に振った。

「厳しいとか、仲が悪いとかじゃないんだけど絡《から》みづらいんだよね。無口で何を考えてるのかわからないし、世間一般のなんでも話せる家族って感じのノリじゃなくて」

「そうなのね」

「……今回も、ただ進路の相談をするだけなのに、弟は尻込みしてるし、私も億劫《おっくう》になってる。そういや、先週の妹の騒動のときも、お父さんだけノータッチだったな」

「放任主義ってことっすね」

「どうなんだろうね……」

　私はうつむいた。

「ていうか、なんかごめんね、ママも後輩も」

　2人は首を傾げる。

「私も大人なのに、父親と気まずいだなんて、中学生みたいなしょうもないこと言って時間取ってさ」

　するともちぎママは口を開いた。

「あたい、一度でもみっちゃんの悩みを《そんなことで》って言ったかしら」

「……え？　ううん、言ってない、かも」

「でしょう」

ママは笑う。

「人の悩みなんて他人には推し量れないのよ。どこまでいっても、その人になることはできないから。いい意味でも悪い意味でも他人事なの」

私がそれを聞いて押し黙っていると、後輩が口を開いた。

「そうっすよねぇ。他人事っす。だから共感とか同情も、こっちに余裕があるときはうれしいっすけど、しんどいときは嫌味にすら聞こえますもん」

「後輩にもそういうことあったの？」

「もちろんっす。自分の境遇のこととか……、同情するなら金をくれって思ったっすもん。いろいろ維持費用かかるんすよ、自分の体」

「あらやだ、なんで後輩さんがそんな古いドラマの言葉知ってんのよ……」

もちぎママがそうツッコむ。

後輩もそんなことを思うんだ、と知って私はホッとした。

「でね、あたいは思うの。悩みを感じる心なんて、神経や筋肉の太さと一緒で、人によって質も程度も違う。臓器と一緒なのよ。心なんてある程度までしか鍛えようがない、個性の1

つ。

　だから、悩みはどんなものでも馬鹿にはできないし、他人は相手の話を聞いて信じることしかできないの。人の限界や感性がそれぞれ差異があるように、人が経験する地獄もそれぞれだからよ」

「……うん」

「だからね、あたいは、悩みには何も口出ししないようにしてる。もしかしたらしちゃってるかもだけどね……」とママは後輩を見る。

「めっちゃしてますよ。この前、自分、ボロッカス言われましたもん」

「なんなの、後輩、私が出勤してない日も1人で食べに来てたの？　ずるいなぁ」

「へへっ」と後輩は笑う。


「ただし、あたいはその悩みについての考え方ってのにはバンバン口出しちゃうけどね。ほら、みっちゃんが『幸せになりたい』って言ったとき、あたいはそれを『勝手になりなさい』と返したでしょう」

「みっちゃん先輩、そんなこと言ってたんすか。意外にかわいいとこあるっすね」

「言ってたよ、なんなら今だって思ってるよ……。ったく、うるさいなぁ」

私はビールを後輩のグラスに注いで、酒で口に栓をする。

「でも《すべてを呪う卑屈な考え方はやめなさい》ってお節介を言ったでしょう。他人ができるのはそういうアドバイスなの。悩みの抱え方と向き合い方、結局、そのくらいの処方箋しか渡せない。悩みの重みも、解決も最後は本人にしかわかりえないの」

「……うん、だね。そう思うと、弟のケンジにとっても、お父さんに感じるモヤモヤした気持ち、馬鹿にできないなぁって思うよ。男同士だろうと、腹を割って話しづらいんだろうね」

「……みっちゃん自身の悩みもよ」

私は面を上げて、ママを見る。

ママはまじめな顔で話を続けた。

「前にも話した身の上で申し訳ないけれど、あたいは母子家庭育ちでね、しかも、かなり貧乏だった。高校進学もあきらめそうになるくらいの、切羽詰まった家で育った。母親から経済的な虐待も受けてたし、口喧嘩も絶えない家庭だったの」

「うん……」

こんなにもおちゃらけで底抜けに明るいママだけれど、苦労は垣間見える。きっと本当に苦しかったのだろう。

「属性だけで言うと、センセーショナルで、いかにもかわいそうでしょう？　でもね、意外と当時のあたいはそこまで思い詰めてなかったの。まわりに頼れる大人や友だちもいたし、家出しようという明確な決意があったから」

「具体的な未来や目標があると、なんだかんだ生きれるもんっすよね」

「そうね。後輩さん、あんたの言うとおり。だから現状や今を我慢できるってわけよ。そしてなにより、あたいの場合はそれが当たり前だと思っていたから平気だったの」

「当たり前って、その家庭環境を？」

「そうよ、環境すべて。バイトで稼いだお金を親に全部渡すのも親孝行だと思っていたの。世界やまわりを見なかったから、自分のありさまを冷静に見られていなかったわけ」

「……大変だったんだね」

するともちぎママは、私のほうを見た。

「みっちゃん。母子家庭や貧乏、それにセクシャルマイノリティーはね、大きく取り沙汰されやすい属性ではあるけれど、だからといって、その属性の人がみんな不幸でもないのはわかるわよね」

「うん、もちろん」

「でも、他の一般的だとされる家庭や属性が、なんの問題もないかというと、けっしてそうではない。これも当たり前よね」

「まぁ、普通に考えて、そうだよね」

「でしょ。とびきりわかりやすい不幸な要素がなくても、まわりからはわかりづらい問題を抱えているってのが《本当の普通》なの。むしろ普通といわれている幸せな仲むつまじい家庭や、健康で悩みも障害もない属性なんてほうがレアなのよ」

「じゃあ、結局、みんな苦労してるってことだよね」

「そう、みんな苦労してる。だからといって誰かの苦労が軽く見られる筋合いもないけどね」


もちぎママの言うことはよくわかる。

「確かに友だちとか見てると、みんな意外と苦労してるし、大卒で会社員になって結婚してマイホーム買って……みたいな人生歩んでる人なんて、そうそういないなぁって感じるもん。目立たないだけでそこそこ大変な状況の子も、多かった気がする」

ママは頷く。

「こんな当たり前のことなのに、人って楽するほうばかりに動いてしまう生き物だから、判断も思考も手を抜いてしまうのよ。ウッカリと細かなことを忘れてしまったり、属性でなんとなくこうだろうって決めつけたりね。

例えば『マイノリティならみんな苦労してかわいそうなんだ』とか、『こんなありきたりなことで不幸だと思ってはならない』だとか《自分が思う普通》に当てはめて考えちゃう。普通とは必ずそのとおりに起こるものでも、そうしなきゃならないものでもないのに」

「……思考停止ってやつだね、ママ」

「そうね。でも仕方ないことなの、人間ってなんでもかんでも考えて生きてたら、頭パンクしちゃうじゃない。明日の晩ご飯すら考えるのが億劫なのに、世界の裏側のまだ知らない人の状況に思いを巡らせることなんて無理。だからどんな人でも薄っすらと偏見や先入観を持つの。それが人間という生き物の習性だからよ。

だからあたいはさ、いつでも自分が《この思考は楽してないか？》って立ち止まるクセをつけてれば、それでいいと思うの。

偏見や先入観は持たないことよりも、改めることが重要ってわけ」

「うん」

「そういやみっちゃん、さっき《男同士でも腹を割って話せない》って、お父さまと弟さんに同情したでしょ？」

「え？　してた？」

後輩もママも頷いた。

「男同士なら、同じ属性の人間なら仲よくできるってのも、属性によるテキトーな当てはめよ。だって考えてみて？　小学校中学校と同じ学区に住むだけの人間を集めて、『同い年だから』『同じ町に住むから』『同性だから』って理由で仲よくなれることって、まぁないでしょう？」

「うん……そうだね」

「属性でひとくくりにするのは、その詳細や背景を知らなくたって処理できる手続きの1つなの。1人ひとり面談して相性よくクラス分けしてくなんて時間がかかるでしょう？　だから簡単にすませるために、男女の数だとかで均等に割っていくってわけよ。もちろんこれは仕方ないことだけど、それだけでずっとすませてたら深い関係が築けなくなる」

私は頷いた。

「で、《男同士だから》《父と息子だから仲よくできる》ってのは、逆に言うと父と娘は――つまり《男と女》は仲よくできない、ってのを前提として持っちゃってるのよ。

確かにそこには性差もあるし、違う部分ってたくさんあるだろうけど、《男と女は性的な関係でしかつながれない》みたいな異性愛主義が根づいてるから、結論つけちゃうのよね。すけべな常識のせいで人間的なつながりをハナから放棄してるの」

「すけべ……」私はたまらず笑う。

「そうっすよねぇ。自分のまわりにもいましたもん。自分のセクシャリティを明かして、恋愛関係になることがありえないとわかると離れていく人」

「なんか……それってさみしいね」と伝えると、後輩は頷いた。

もちぎママはお酒片手に続ける。

「ほら『男女でも友情は築けるか』、みたいな問いかけがあるけれど、相手をただ異性の生き物としてしか見ていないのなら、まぁ、無理ね。

言ったでしょう？　物事は白黒ばかりじゃなく、程度の話だって。人間関係もそうなの。相手の持つ属性は1つじゃないんだから、それをどれだけ知って、どれだけ相手の知識を増やせるか。

……相手がただの父親という生き物ってだけで踏みとどまらず、どこまで何を考え、何を感じている人間なのかを知るのが肝要なのよ」

「そうだね……。私さぁ、言われてみたら、お父さんのこと、お父さんって生き物でしか知らないんだよね」

「みっちゃん先輩、どういうことっすか？」

「……どうしてお母さんと結婚したのか、どういう思いで私たちを育ててくれたのか、父親になる前のことも、父親になってからのこともよく知らない。ずっと……父親だから私たちにお金かけて育ててくれても当たり前って感じで、なにも知ろうとしなかったかも」

「そうなのね」

もちぎママはグラスを流し台ですすぎながら、話を聞いてくれる。

「でも、今さらいきなり話しても、無駄かなぁ。だってさ、別に身の上を話さなくても、今回の弟の学費の件はお父さんもいいって言うだろうし……」

「それならそれでもいいんじゃない？」

「ええ、でも……」

私がたじろいでいると、ママはにっこりと笑った。

「父親だから、家族だから仲よくしなきゃならないとか、そういうことも別に思わなくてもいいの。だって同じ家で過ごすだけの他人だもん。属性を呪いや縛りのように使うのも、それまたしんどくなる生き方よ」

「でもさ、家族は血のつながった関係じゃん、そんな他人行儀なこと思ってもいいの？」

「いいのよ。だって、血のつながった家族でも、そうじゃなくても、自分とは違う生き物なんだから」

「そういう意味で他人って言ったんだ？」

ママは頷く。

「別の生き物同士で共同生活なんて、ハナから不備や齟齬《そご》があって当たり前なの。この社会だって賢い人やまじめな人のおかげでなんとか回ってるけど、わりとギリギリなところも多いのよ。1億人も別の意思を持つ生き物が集まってるんだからね。だからみっちゃんも肩の力抜いて、うまく噛み合わなくてもそんなもん、って考えればいいわ。家族だろうが無理して全部までつながる必要もない、って」

「……わかった」

するとちぎママはひと息ついてから、また話し始める。

「……でもね、みっちゃん、もしそれでも《もっと知りたい》と思えたなら、それは家族だからじゃなくて、その人だから、なのよ」

「……うん」


少しママのおかげで踏ん切りがつけたかもしれない。

私は機会を求めていた。お父さんと話せる機会を。

でも、もう大人だからだとか、父と娘だからだとか、理由をつけて先送りにしてきた。

家族だからこそ、照れ臭くて話しづらくて、気後れしていたのもある。

たった数週間しか会っていない人間には身の上が話せるのに、家族には話せなかったのは、きっと逃げ場がないからだ。

でも、後ろめたさを持ちながら生きるのは、そもそも逃げているのと一緒じゃないかなって思った。

「家族のことを
どう思う」って
聞かれるのは
いくつに
なっても
恥ずかしい

手放しに
褒めたなら
家族大好きな
ガキンチョだと
思われそう
でも
けなしたり
するほど
嫌いではない

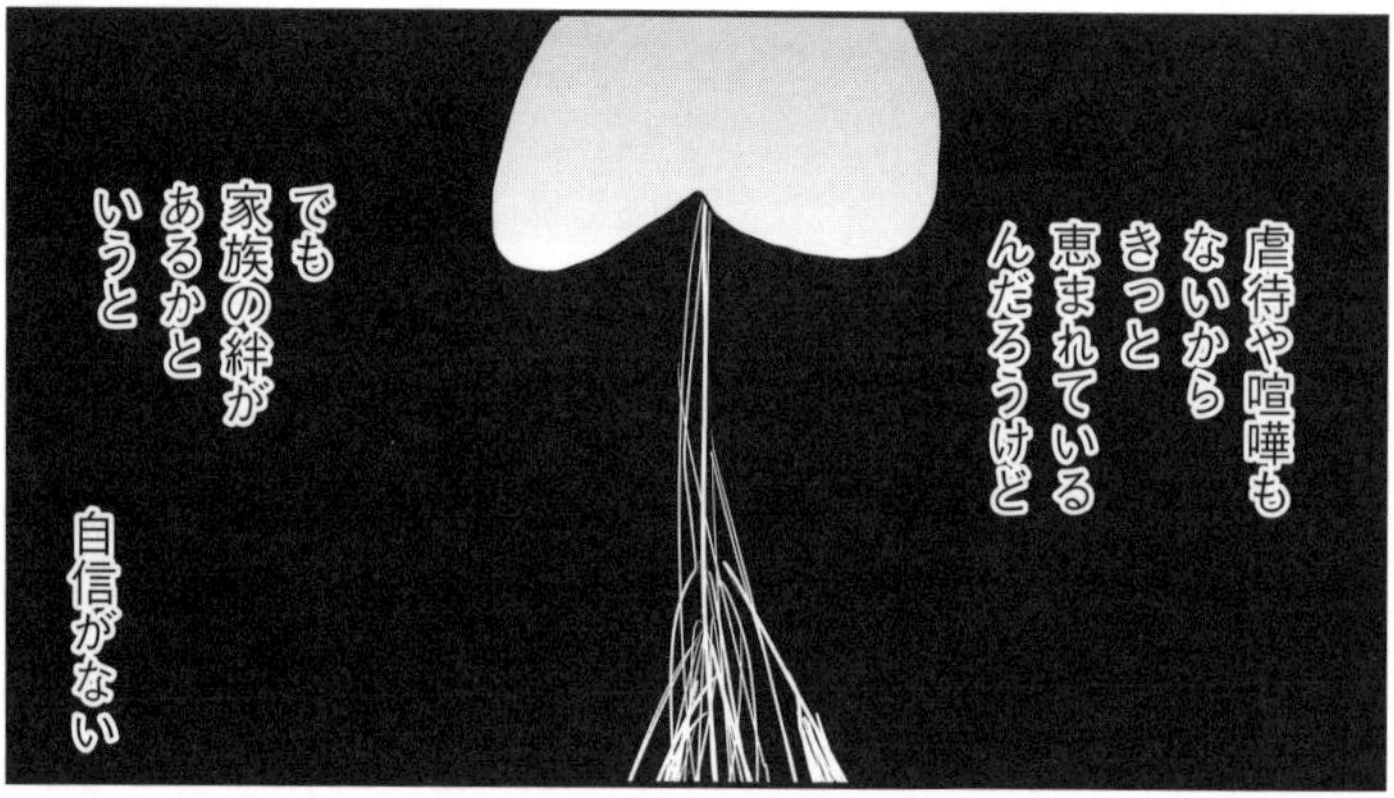
虐待や喧嘩も
ないから
きっと
恵まれている
んだろうけど
でも
家族の絆が
あるかと
いうと
自信がない

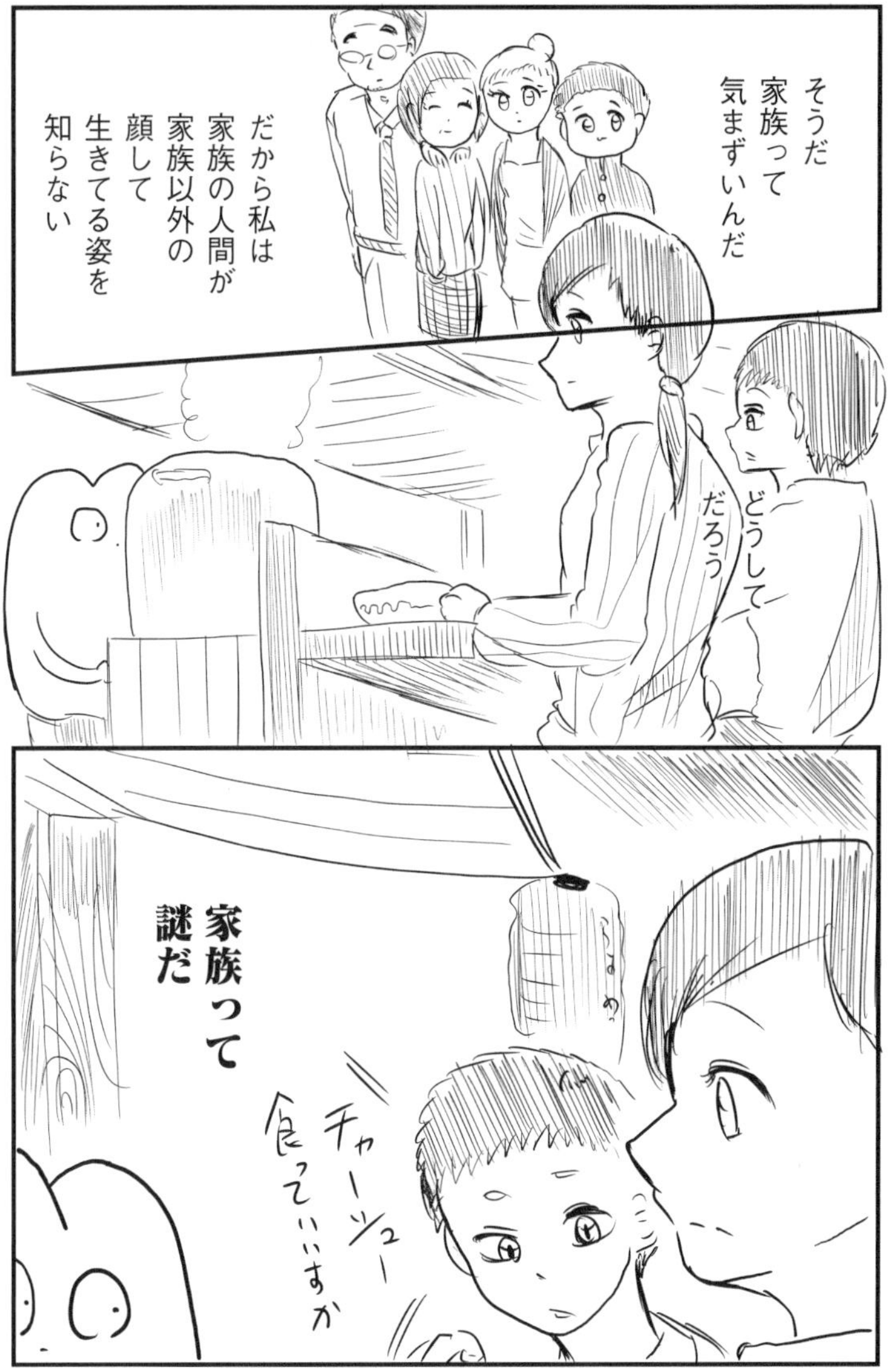
そうだ
家族って
気まずいんだ
だから私は
家族の人間が
家族以外の
顔して
生きてる姿を
知らない
どうして
だろう
家族って
謎だ
チャーシュー
食っていいすか

「お父さん、ちょっといい？」

「……うん？」


休日、散歩に出かける前のお父さんを玄関で捕まえて声をかける。

「ケンジのことで話があるんだけど」

「大学のことだろう？」

「え？　うん、そうだけど」

「お母さんから聞いてるよ」

「ああ、お母さん、もう話してたんだ」

まぁ、それはそうか。お母さんのことだし、すぐにお父さんに伝えるのは当たり前だ。

でも、お母さんはどっちかというと劇場型の気質で、なんでも物事を感情的に話す人間だ。

昔、私が1人暮らしをしたいと言えば、悪い男にそそのかされたと騒いでいたこともあった。

だからケンジは、お父さんの意思をきちんと確認するために、私に再度話をするように頼んだのだろう。

「ミチコ、お前もちょっと散歩行くか？」

「う、うん」

突然の誘いに驚いてしまったが、お父さんの背中を追って玄関を抜け出した。


家から数分の甘味処《かんみどころ》に着くと、お父さんは座ってメニューを広げる。

「ほら、お前の好きなクリームあんみつもある」

「それ、私が子どものころの話でしょ」

私はお茶と最中《もなか》を頼む。お父さんはお茶とどら焼きだ。

「ここ、子どものころよく連れてきてくれたよね」

「うん、そうだな」

「お父さん、もしかして休みの日は1人でここに来てたの？」

「たまにな。あまり来ると太っちゃうしな」

運ばれてきたお茶を2人ですする。

「……ここな、お父さんが子どものころからあって、昔からよく来てたんだ」

お父さんが珍しく昔の話をしたから驚いてしまう。

「初めて聞いたや」

「前に話したよ。ミチコが11歳のときだ」

「いや、覚えてないよ、そんなこと」

私はたまらず笑った。

「……ミチコ、最近いいことでもあったのか？」

「なんで？」

「メイコのことも、お前が率先してお母さんとの間を取り持ってくれたそうじゃないか、それに今も、ケンジが俺に話しづらいと思っていることを代わりに話そうとしてくれてる。そうやって人のために動こうとするのは、ミチコが張り切ってるときだ」

「……うん、よく見てくれてたんだね、お父さんは」

「……見てるだけで、きちんと話してこなかったけどな……」

お父さんはお茶の腕を置いて、こちらを見た。

「男として、父親として、一家の大黒柱として、稼いでみんなを支えなきゃって思うとな、いつも仕事ばかりで……。帰ると家族としゃべる時間も持ててなかったな、と思ってる」

「……！」

「いつの間にかお前たちは大きくなって、ミチコも社会人になってしまったからな……。ますます話せなくなってしまった」

「……そうだね、私も、もう大人だからお父さんには頼らないようにしなきゃとか思ってたもん。お互い、役割こなすので精一杯だったんだね」

「ああ」

男は外で稼ぐもの、そして女は家で夫や子どもを支えるもの。

その価値観に縛られて、役目をこなしていたのがお父さんとお母さんだった。

うちはきっと普通の家だ。でもその普通には隠れた犠牲と悩みがずっとあったんだ。

「お父さんがそうやってがんばってくれたから、私もメイコも大学まで行けたし、ここまで成長できた。それにケンジも、あれだけしっかり将来のこと考えられるようになったのは、お父さんお母さん2人のおかげだと思う。父親だから当たり前だとか、家族だから育てるのは義務だと思ってたけど、でもお父さんたちも1人の人間だもんね。だから、ちゃんと言いたいんだ。……その、ありがとうって」

私がそう伝えると、お父さんはうれしそうにどら焼きをかじった。

「ねぇ、今度、私からなんかごちそうさせてよ」

「ああ、ありがとう」

「お父さん、ラーメン好き？」

「え？　ああ」

「最近、私、屋台そばに通ってるんだ。毎日いろんなラーメンが出るから、全然飽きなくてさ。職場の虎ノ門にあるんだけど」

「ミチコ、お前、そんなおっさん臭い場所にも入れるのか。職場の若い女の子はスイーツやタピオカしか食べないみたいな子たちだから、てっきりお前もそうかと」

お父さんは驚いてこちらを見つめる。

「女だってラーメンなんて食べるし、屋台も立ち飲み屋も行くよ。だって人間だもん」

そう言うと、ホッとしたようにお父さんは笑った。

「だよな。じゃあ、今度行こう」

「あと驚かないでね。そこ、餅の妖怪が切り盛りしてる店だから」

「……父親として言わせてくれ、ミチコ、お前疲れてるんじゃないか？　仕事や恋人のことで悩みでもあるのか？」

お父さんは本気で心配していた。

次の日、職場で少し気になるお客さまに出くわした。

私がルームサービスの合間、ヘルプで入るレストランに、１人で席につき、誰かを待つお客さまがいた。

予約は２人分だが、料理が置かれることのないまま、２つ分のカトラリーセットだけが並んでいる。

お客さまは40代そこそこの女性。窓際から夜景を見ながら、じっと待ち合わせの人が来るまでを過ごしている様子だった。

「あの人、もう30分近くああっすよ。大丈夫っすかね。恋人からドタキャンでもされたんかなぁ」

とバックヤードで後輩がつぶやく。

その女性が予約してくれていたワインも、裏の冷蔵庫で冷やしたまま、結局それの栓が開かれることはなかった。

「――あの、ごめんなさいね、友人が来られなくなったみたいで……。もう部屋に戻るわ。料理は皆さんで召し上がってください」

ちょうど私が彼女のテーブルのあたりに差しかかったところで、そう声をかけられる。

「お連れさまがいらっしゃいましたら、部屋に戻られたことをお伝えしましょうか」

「ううん、きっと来ないから、いいの」

「……かしこまりました」

「あなた、他のウェイトレスさんとは違う制服ね。社員さん？　それともリーダーかしら」

「ルームサービスの者です」

「そうなのね」

レストランでは白いシャツをまとった従業員が配置されているが、私たちルームサービスは黒いベストを着ている。確かに見栄えだけでも、アルバイトの子たちより職位の高い人間だとすぐにわかる。

「あなた、若くて、女性としてすごく輝いてる。キラキラしてるわ。うん……。きっといい男性にも巡り合えるだろうし、幸せな関係を築けると思う」

ガヤガヤと騒がしいホールのいちばん端の席だったので、まるで私と彼女だけがこの空間にいるような、そんな静けさがここにはあった。

「こんなこと、お仕事中のあなたに話しても悪いけどね、私、これで男の人に逃げられるの3回目なの。全部こんなふうにすっぽかされてきたわ。笑っちゃう、もう飲まなきゃやってられないわ」

「……あとでお部屋にお酒をお持ちしましょうか。ここでお出しする予定だった白ワインがありますので」

ありがとう、と彼女は言ってから続ける。

「あなた、きっとバリバリ働く人でしょう？　自分の能力や成果でヤキモキするし、人に追いつきたいって焦ってがんばることもある。違う？」

「……ええ。当たってます」とはにかんで伝えた。

「ふふ、私もそうだったからね。年の功もあるけど、あなたの仕事ぶり見てたらわかるわ」

彼女は鞄を持ち、立ち上がる。

「でもね、そうやってがんばって生きてきたから、私のこと《女社長》や《お金持ち》としてしか見てない人ばかりまわりに集まってしまってね。時間をかけて親密になって、いい関係になったとしても……私が『子どもが欲しい』と言うと、こうやって私の元から去っていってしまうの。ふふ、まだ中身が子どもの男しか来ないのよね。養われる気満々の男ばかり。だから責任を持つ覚悟が伴ってないの」

「……」

「私、もう女として幸せになれないかもしれないわ。こんな大人になっちゃダメよ、ルームサービスさん」

「あの」

キャッシャーの元に向かおうとする彼女の背中があまりにもさみしかったので、私は思わず声をかけた。

「差し出がましいことを申し上げますが、私どもにとってお客さまはどんな方であろうと大切なお客さまの1人です。1人の人間として喜んでいただきたく接しております」

「ええ、そうね」

「……それに、私個人は大切な人に男性としての幸せや、女性としての幸せだけじゃなく、まずはその人が幸福になってもらいたいなと思っています。その役割や属性のあり方は1つの選択肢でしかなくて、いろんな幸せがあるんだと……。よく相談を聞いてもらう人に教えてもらいました」

「……」

「私はお客さまの苦しみを理解できるだなんて、出過ぎたことは言えません。それでもここでは幸せな気持ちで過ごせるようにお手伝いさせていただきますので、どうか今日はいい夜をお過ごしください」

「……ありがとう」


はかなげに笑うその女性の姿を見送ったあと、バックルームで後輩が「え、いいんすか、あの人が食べなかったやつ食べても」と言いながら嬉々として冷蔵庫を漁っていた。

「いやしんぼ」

「うるせー、腹減るんですよ」


そんな会話をしていると、上司が私のもとに仏頂面で寄ってきた。

「見てたわ」

「え?」

「……満内さん、あなた、ちょっとは機転利くじゃない」

珍しく上司から褒められたので、私は呆気にとられた。

「ま、ほんとはお客さまとベラベラ話すのも、ましてやあんな個人的なお節介焼くのも社会人としては厳禁だけど」

「は、はい」

　空気を察してか、後輩は冷蔵庫の裏に隠れていた。

「……でも人間として、形式的な接客マニュアルだけで部屋に戻さなかったのは褒めてあげる。よくやった」

「ありがとうございます」

「ま……、あなたにしてはだけどね、満内さん」

　やはり嫌味なしでは話せないのか、そう捨てぜりふを吐いて去っていく。

「ほんとあの上司、私を目の敵《かたき》にしてるよね」

「んー？　そうっすか？　愛情でしょ」

　後輩はもう退勤する準備を始め、タイをゆるめながら言った。

「年が上なだけでベラベラご高説垂れてくる人間もいるけど、あの人の場合違うでしょ。みっちゃん先輩、指摘を全部非難だと受け止めちゃダメっすよ」

「なんかもちぎママみたいなこと言うね」

「うん。この前ちょうど言われたことっす」

「ああ、そう」と失笑する。

「……あの上司は、みっちゃん先輩にシンパシー感じてるから、同じ失敗してほしくないんでしょ」

「え？」

「知らないんっすか？　あの人、飲料部の支配人候補だったらしいっすけど、うつ病になって辞退したんすよ」

後輩がそう言う。

私は息を呑んだ。

「みっちゃん先輩も危ういっすからね。潔癖症の完璧主義者じゃん。そのままでやってると上司みたいに体壊しますよ。とくに、うまくいき始めたところに失敗が立て込むと、一気に壊れちゃうっす」

「私、潔癖症かな」

「うん、一度も失敗したくないって意気込んでるし、失敗を汚点だと思ってるタイプっす。だから自分、心配っすもん」

後輩は冗談でもなく真剣に告げる。

私にもそれがとても重い言葉に思えた。

ちゃんと相手を
見てる？

6杯目　この先の自分

その日、夜勤をすませて早朝5時に、もちぎママの店がよく出没する場所に向かうと、まるで私のことを待っていたかのように、灯りの消えたさみしい台車があった。

そこには店じまいをして、どこかに向かう準備をしているママの姿が見えた。

「ママ、おはよう」

「あら、今日は夜勤だったのね。もう店は終わりよ」

「うん……」

「……お茶だけいれようか。ジャスミン茶かウーロン茶、どっちがいい？」

「いいの？　じゃあウーロン茶で」

ママは鍋でお湯を沸かし始める。

「……ねぇ、余ってる麺があるの。それをこのお茶に入れてみようかしら」

「やめて」

程なくして、温かいお茶が目の前に運ばれてくる。

「いただきます」

「それで、どうしたのよ。浮かない顔して」

「うん……」

私はお茶で手を温めながら話を始める。

「今日……というか昨日のディナーにね、お客さまと話して……その人が私のこと、自分とそっくりだと言ってたの。でもそのせいで働きすぎて、女としての幸せを逃したって感じのことを話してくれた」

「あらまぁ」

「……私の上司もさ、まだ本人から聞いたわけじゃなくて、後輩づてに耳にしただけなんだけど、私みたいな人間だったらしくて……。それでうつになったりもしたんだって」

「みっちゃんみたいな？　ああ、そうだったわね」

「私の上司知らないでしょ」

私がそうぼやくと、ママは笑いながらお茶をすする。

「……私、最近やっと少しずつ前を向いて、なんだかがんばれそうな気もしてた。努力の方向が合ってるのかなってわからなくて不安になってたのも……受け入れて進んできたつもりだった。不器用なりに、要領悪くても、がむしゃらに歩を進めようって感じて始めたところだったけど」

「うん」

「でも実際、本当に目の前を進んできた先輩や先人の生々しい生き様を見せつけられたら、人生ってそううまくいかないんだなぁって感じちゃって、嫌になるよ」

もちぎママは黙って頷く。

「ママ、私さ……すごく甘えたこと言うけど、これから私に待ってる苦労とか困難を、私はいつまで味わわなきゃならないんだろうって考えると、すごくしんどい。それに当たり前だけど、誰だって必ず成功できるわけじゃないんだなって思うと、なんかもうあと何十年もがんばっていける気がしない」

「そうね……。気持ちはわかるわ」

「本当にわかるの？　もちぎママに？」

「意外とわかるのよ。あと何年働いて稼いで、どれだけご飯を食べて生きていかなきゃならないのだろうって考えるだけでも、先が長くて気が滅入るし不安よ。献立とかももう考えたくないわ」

「ああ、そう……」私は呆れたように笑う。

「それに、そこに成功って要素も含めると、一気にしんどくなるわよね」

「……うん、ほんとそうだよ、ママ。ネガティブとかイマドキな悟り系って言われるかもしれないけどさ、日本や世界じたいどうなるかわからないくらいヤバい、って子どものころから聞かされて育った世代でしょ？　先のこと考えるとき、どうしても悲観的に考えていってしまうんだよね」

「まぁ、なにも考えずに生きるよりはマシよ。でもね、みっちゃん、ハナから失敗や苦労ばかり考えてちゃダメよ。ときにはそれを回避しようとしたり、乗り越えるイメージを持って語らなきゃ、失敗できる理由を無意識に探してしまうわ」

「……うん、気持ちではわかってるんだけどね。それでもやっぱ10年後、いや、5年後だってどうなってるか不安。もしかすると、私、後悔しまくるような大人になるかもしんないじゃん。そのころもう30歳超えてたら、こんな悩みも言えなくなっちゃう」

だって、一見成功している人でさえ、自分が取りこぼしてきた幸せを後悔しているのだから。

するとママは小さく笑った。

「ふふ、みっちゃんは年齢だけじゃなく、気持ちもまだまだ若いわ」

「え？」

「その手の不安ってやつは、今のみっちゃんだからこそ感じる貴重な感情だと思うの」

「どういうこと？」と聞き返す。

ママは寒さに冷え始めた手を、湯飲みで温めながら話し始めた。


「みっちゃん。前に選択肢の豊かさって話したでしょ？」

「うん、人生は自由に選ぶ選択肢の多さによって、幸せかどうか決まるってやつだよね」

「多さじゃなく、豊かさ、よ。細かいようだけど、『どれだけの数が幸せか』は人によって異なるからね」

「ああ、そっか」

「でね、若ければ若いほど選択肢って無限にあるように思えるのよ、これが。そうね……ほら、年取ると難しいことって現実問題出てくるじゃない？　初老でプロ・スポーツ選手になることや、社会人から学生や研究者になること、おじさんになってからアイドルになることも難しいし、家庭を持った後に動きづらくなるのも実際あるわけじゃない」

「うん……そうだね」

昨日のお客さまはきっと妊娠できる年齢にもタイムリミットが存在すると感じていたからこそ、女の幸せをつかめなかったって言っていたのだろう。

そう考えると、なんだか無粋《ぶすい》なことを言ってしまったと後悔してしまう。

「そ。ま、実のところこれが、わりと年重ねてからも選択肢ってやつは豊富なんだけど、たいていの人は若いほど自由って思うのが当然ね、日本だと年齢制限のあることも多いし」

「……ママ、平成生まれだよね？」と、いぶかしく思っていると、

「そうよ。あたいのまわりの昭和生まれに聞いただけ」

と、あっけらかんに返してきた。


「それでね、あたいが思うに、みっちゃんの抱える『将来どうなってるかわからない』という漠然とした不安ってのは、《どんな自分にだってなれるかもしれない》という希望があるからこそ生まれるモノなのよ」

「希望？」

「そうよ。未来の自分がどこで成功してるか、どれだけ成功してるかわからない。つまり、まだ可能性を秘めていると自覚しているからそう思えるの。

《不確定》と《不安定》って似てるようでちょっと違ってね、若ければ《まだ若い》ってだけでこの先をいくらでも不確定な未来としていいようにも受け止められる」

「でももう私、27だよ？」

「若いと言われることも、若くないと言われることもあるだろうね。若さってやつも、基準

が場所や人によって変わるからね……」とママは達観したように言ってみせる。

そこまで私と年齢も離れていないのに。

「でも先のことがわからないってことは、今後よくなっていくかもわからないってことじゃん？　それは不安定ってことでしょ？」

「そうね。ただ、不安定はすでに浮き沈みしてる人が、そのままずっと安定せず生きることを指すの。どん底に落ちても這《は》い上がって前を向いてる人間は、この先、結果が生まれる挑戦をしている最中ってことでしょ？　いい結果か悪い結果かはわからないけれど、先があるのが不確定、先が見えないのが不安定よ」

私はお茶を口に含みながら、それを聞いて、半分納得した。

「モノは言いようだけど、でもちょっとわかる。私はそうだ、自分の行き着く先が……例えば仕事の全体図とか、そういうものが徐々に見えてきた大人と子どもの間にいる。だからこそ不確定で、どっちにも転ぶような気がするんだ」

「……ふ～ん、27歳で、大人と子どもの間なのね」ママがふっとため息をつく。

「だって～～、ママが『若さも人による』って言ったんじゃん。私だって成人だし、責任や義務はあるけど、でも自分がしっかりした大人だと思えないから、便宜上そう言っただけだもん。そういうママはどうなの？」

「あたいは永遠の17歳、未成年だもーん」

　そう言ってママはさっと焼酎の瓶を棚にしまった。

「ま、さっきも言ったけど大人になればなるほど、抱えてるものや自分の能力の限界がわかってくる。ある程度の予測がつき始めるから《不安》寄りの発想で未来をとらえていってしまうのよね。若いころは保険に入らないけれど、年取ってからそれに加入するのは自分が直面してるリスクが目に見えてくるからなの」

「そうだね」

「若いとそれがわからない。何が襲ってくるかもわからないし、自分がどうなるかもわからない。だから、漠然とした不安だけを抱えてしまう。『何がどうなるかわからない』ってね」

「……ねぇママ、私ずっとママの言葉さえも不安に思ってたんだ」

　私は思わずそう切り出してしまう。

「ママの言葉は、私が抱える感情や行動のしくみを教えてくれるようで、すごく腑《ふ》に落ちるし、それを聞きにきてるんだから文句はないの。

　でもね、私はそれでも《具体的にどうすればいいか》がわからないから、こうも漠然と不安になるんだと思う。調子づいてきてもすぐにしぼんでしまうの。昔からそうだった。なにかがいいように変わってきても、どこかで現実を突きつけられてことごとくあきらめてしまう。典型的なお調子者の小心者なんだよ、私は」

「そうね。そんな経験がみっちゃんの今の性格をつくってきたって、なんとなくわかるわ」

「……」

「みっちゃん、あのね、あたいは最初に、この世にドラマなんてない、むしろ物事の紆余《うよ》曲折《きょくせつ》が省略されたり脚色されたりすることがあると言ったわね。物事に白黒つけすぎたら苦労するのは、この世界には絶対的なモノがほとんどないからなの。

ある見方では罪だと言えることも、状況によっては功績だとして受け止められることがある。だから、成功や努力にも、誰にでも当てはまる正解なんてないの。みんな失敗してるのに、それを隠すか見せないかしてる。だからこれも言ったわよね、失敗を恐れたとして『一度もしたくない』じゃなくて『二度としたくない』って思うようにしなさいって」

「うん、そうだね」

「無駄な努力もこの世界にあるのは間違いないけれど、成果がすぐに出ずに失敗を引き起こしたことは、本当に無駄なのかしら。

それが自分の今にとって正解じゃないってわかるだけでも、完全に無駄とは言えないでしょう？　時間は無駄にしても、意味は無駄にしなかったのだから」

「……ママが前に話してたよね、過去に意味を与えるのは自分だ、って」

ママは頷く。

「だからね、みっちゃん。漠然とわからないままの悩みを、解剖してやりましょうよ。そのために今まで一緒に考えてきたんでしょう？

白黒つけすぎないことや自分を知ること、属性や役目で決めつけるのをやめること——今まで話してきたことすべて、みっちゃんが自分自身で過去と今に向き合って、よく現実を見るための機会だったの。そしてこれからの未来を冷静に見て、立ち向かっていくための武器でもある」

「……うん」

「人って、役目と属性に縛られているように、言葉の力によってあり得ないほどパワーをもらってるのよ。いい意味でも悪い意味でもね。

偏見や差別、悩みや苦しみも、言葉の持つ力によって人間の頭にイメージが叩き込まれることで生まれる。だからこそ、言葉で生まれた悩みは、言葉で解剖するのが唯一の具体的な解決方法だと思う。

自分を知る、人をよく見る、話す、聞く、書きつづる。

そうやって少しずつ、自分の取り巻く環境、感情、愛や敬意といったこと、うらみや悲しみのようなネガティブな感情も全部、言葉で理解していくの。見えないものより、見えるもののほうがちょっと恐ろしさが和らぐでしょう」

「そうだね。うん、実際そうだと思う。漠然と怖がるより、なんとなくイライラするより、よっぽど……」

「……さて、そろそろ始発にでも乗ってきたら？　今日もお疲れで、眠たいでしょう？」

ママにうながされて私は席を立つ。

「ごめんね、営業中でもないのに長居して」

「いいのよ。その代わり、今度お客さん連れてきなさい」

商売上手なママが、そううながしてくる。

「うん、家族も連れてきたいなって思ってた」

「あとは上司も連れてきちゃいなさい」

「ええ？　あの人？　なんで、イヤだよ」

「まぁ、別にプライベートでも仲よくしろとは言わないけれどさ。不器用な人間同士、きちんと話せば、きっと《何考えてるかわからない上司》から、《ただのおバカで優しい上司》に変わると思うわよ。これはお餅の勘だけど」

「お餅の勘なんてあるの……?」

私が呆気にとられていると、ママはエプロンを取って朝陽を眺め始めた。

「みっちゃん、人っておバカだから同じ過ちをしてしまうのよ。先人だって間違えるし、それを見た今の人だって同じ轍《てつ》を踏む。そういう愛《いと》しい生き物なのよ」

「……なんなら私は、自分1人で同じ間違いくり返すこともあるけどね」

「ウケるわね」

「いや、ウケないでよ」

「みっちゃん、自分を許せるようになったら、次は他人を少しずつ許せるようにもなっていくわ。そのとききっと、成功の反対には失敗と、また別の成功の2つが転がってるんだって、思えるようになる」


そう話すママを見ながら、陽の温もりを少しずつ感じ始めていた。

朝が訪れ始めていたのだ。

次の日、あまりにもルームサービス業務が暇で、バックヤードでナプキンを延々と折り畳んでは注文が入るのを待って、ついに20分がたとうとしていた。

パソコンに向かって予約の整理を行う上司の背中を眺めながら、私はボーッとここ最近のことを考えていた。

劇的な変化もない日常だけれど、ラーメンを食べて、今までの自分を振り返ることができた日々だったな。

すぐそばにいて、そこで完結していた関係にメスが入って、言葉にすることもできた。

ずっと見てきたはずの家族の知らない一面、知ろうとしなかった内面。

邪険にしてきた後輩と元カレの本心、そして自分の改心。

ドラマみたいなイベントはないけれど、《自分が変わる、自分から話す》ということだけで、ちょっとだけ日常が好転し始めた。

一方で、どれだけ今まで自分が持っているものを投げ出してきたかと考えると、また自分の愚かさがイヤになる。

そしてなによりまだイヤなのが、この上司だ。

後輩はああ言っていたけれど、結局、私にとって苦手な人間であることは変わらないし、ましてやもちぎママに言われても仲よくしようとは思わない。

上司と部下、最低限の関係で十分だ。


「……」

でもそうか、属性だけで見てきて、勝手に敵だとか味方だとかを当てはめて、生きづらくなっていたのだから。

もし私が、この上司が上司でない姿で生きていることを知ったら、どう見方が変わるだろうか。

「あのぉ」

「なぁに」

上司は気だるそうに返事をする。

「松本さんは、今、幸せですか?」

「はぁ!?」

つい自分でも驚くことを口走ってしまう。上司は驚きのあまり、笑いながら振り返った。

「あなたとうとうイカれたの？　仕事で頭パンク状態になりすぎたんじゃない？」

「いや、自分でもけっこう変なこと言ったなぁって自覚してるんで、大丈夫です。てか、あまりに暇だったんで適当に言っただけなので、流してもらってけっこうです」

私はとたんに顔が熱くなるのを感じた。

「何、じゃあ、怪しい自己啓発セミナーでも行ってるの？　ちょっと、メンタルやられたらそういうのに手を出しちゃダメよ、満内さん。ラーメンでも食っとけばいいのよ、あなたみたいな子は」

「いや、ラメハラですよ、それ」

「なぁに、それ」

「ラーメンハラスメントです」

「あきれた……」

上司は乾いた笑いでつぶやきながら、席から立ち上がる。

「ドリンク飲むけど、あなたもいる？　オレンジでいい？」

私は頷いた。初めて上司が自分のためになにかしてくれたので、会話の力か、それとも暇のせいかわからないけれど、私は驚きを隠せなかった。

「ほら、どうぞ」

「ありがとうございます」

バックヤードにあったレストラン用のフレッシュジュースをグラスに注いで、2人で飲む。

他の部門のアルバイトの子たちが退勤し始めたので、なおさら人の少ないルームサービス業のデスクは静けさを増していた。

「……なぁに、どういう風の吹き回し？」

「いえ、別に」

「もしかして、私のこと誰かから聞いたんじゃないの？　うつだったとか、支配人候補争いに負けたとか」

「え」

私は思わず声を漏らす。上司はやっぱりね、とつぶやく。

「あなた、こういう内部のイザコザとかまだ4年目だから関係ないし、そもそも自分の仕事に精一杯で興味なさそうだったから、最近まで知らなかったのでしょう？」

「ええ、まぁ」

「だから私はあなたにアルバイト感覚なのか、って再三言ってたのよ。内部にも目を配りなさい。そのほうが仕事がはかどるわよ」

「そういう意味で言ってたんですか。松本さん、言葉が足りてないです」

「なんで私のせいなのよ、そもそもあなたちょっと前まで本当にガキンチョだったから、ガチの意味でアルバイト感覚かって怒ってたわよ。人より成果出そうと動いて、でもまだ能力が追いついてないから失敗して、それですねて無気力になって……。あなたルームサービスに来てからの3年はずっとそんな感じだったわ」

「……改めて思うと、子どもですね」

「そうよ。あなたの英語スキルも宝の持ち腐れに見えてたわ」

私は頭をかく。

「で、私のこと、好奇心から聞きたいんでしょう?」

「え?　いえ、そんな」

「だから、《今、幸せなのか》って聞いたんじゃないの?　うつで休んだと思えば、いきなりオネェ口調になって復帰してきた人間だから」

「ええ、そうなんですか?」

私は上司を見上げる。恰幅のいいおじさんが、眉をひそめていた。

「なぁに、知らなかったの?」

「ええ、てっきり生まれつきかと」

「生まれつきオネェって何よ」

上司はグラスの飲み物を飲み干して言った。

「……この言葉遣いはね、移ったのよ。むかし虎ノ門まで来てたオカマの屋台そばからね。最近はてっきり見ないけど……」

「もちぎママの、ですか？」

目を見開いて反応する私に、上司は察したように頷いた。

「なぁに、じゃああなた、最近のなかばあきらめたような落ち着きっぷりは、ママの店に行ってたからなのね。納得だわ」

「まぁ、ママと話してるうちに意外と自分がまわりも自分自身も見えてないなぁって、わかり始めたんで……。それより松本さんがあの店を知ってたことが驚きですよ」

「ま、こういうこともあるわね……。ていうか、私が行ってたのって10年前よ？　まだやってるの？　あのオカマさん……」

「……」

……ということは、いったいもちぎママはいくつなんだ？　もしかして不老不死の、本当に化け物なんじゃ……。

あまりもの偶然に呆気にとられていると、上司は肩をすくめた。

「当時、ママの店に行き着いたときは、あなたみたいに張り切り過ぎて体を壊した時期だったのよ。ほんと、無駄な努力や残業ばっかやってね、本質が見えないまま仕事してて……。心も疲れ果てたときに、あのラーメンの匂いにつられてった。

で、あの餅の妖精からくどくどとお節介焼かれてるうちにね、楽になったの。完璧に生きることも、男として甲斐性見せるために役職に就かなければならないって重圧も、取り払うことができた」

「そうだったんだ、意外です……。それで松本さんはよくなったんですね」

私はその話を聞いて素直にそう告げた。

上司はいつも通り蔑《さげす》んだような顔をして笑うが、他意はなさそうな目をしていた。

「どうだかね……。私の父親は『せっかく教育にお金かけてホテルのことを学ばせた長男なのに、支配人にならなくてどうする』って怒ってたわ。母親も全然理解してくれなくて『今はいいけど、ちゃんと今後、支配人になってね』とか言ってたわ。

親からすれば、もちぎママは私に引導を渡した邪魔者だろうし、もはや悪魔のように思えるかもね。自分たちが期待していた息子をこうも変えたのだから。

人を変えるって何気に暴力的で独善的なのよ、だから私らサービス業は、お客さまを変えようとしちゃならないの。あくまでも幸せを感じて、生き方を変えていただくのはお客さまの力。そうでしょう？」

「ええ」

「でも、ま、死にそうな私を救ってくれたんだし、私の妻にとっては《夫の恩人》になるのかもね、あのおちゃらけたママも。結果や人の評価なんてコロコロ変わるし、何事も明るい側面だけじゃない」

「……なんかもちぎママみたいな言いぶりですね」

「あんなお節介焼きのうるさい人間じゃないわよ。……とにかく自分はこれでいいやって思えたからそれでいいのよ。人にご奉仕するこの仕事に誇りを持ってるのだから、役職がつかないと無意味だなんて思い詰めるのはやめたの、私は」

「……」

「結局、成功の逆にはまた別の成功があったのよ。どっちがすごいとか、えらいとか、そんなの自分で決めればいい。そうでしょう、満内さん。これが私の言える先人として唯一のアドバイスよ」

「……はい」

　私は多分、今までいちばん長く上司と会話しただろう。

だけどそこにあったのは上司のまた別の上司像で、けっしてなにかが特別変わるわけではなかった。

そうだ、いつだって人生は劇的じゃなく、ドラマもない。

ただ転がってる現実に、何を思い、何を感じたか、それだけを言葉にする人間というフィルターがあるだけだった。

私はきっと、またこれからも現実にぶつかり、言葉にできない思いで苦しむだろう。だけどそれをまた何度でも、一から言葉でひもとこうと思った。きっと成功や失敗だけで片づけられない、今持っているものの豊かさと色に気づくことができるから。

「で、結局みっちゃんに想いを告げるのはやめたのね」

もちぎママが、夜景とテールランプを見つめながらつぶやく。

「そうっすね、あの人ノンケだし、きっと今のまま言っても困るだけだと思うんすよ」

「そうかしら」

「だから手術を終えてからっすね。それに今はみっちゃん先輩も忙しそうっすから」

「じゃあ、お金貯めなきゃね。あんたが働いてる店、飲みにいくわよ」

「あざぁーっす」

自分がママと約束を取りつけていると、暖簾の先から2人ほど人が近づいてくるのが薄っすら見えた。

「あら、お客さまね」

「あの服装、多分1人はみっちゃんっすね。プライベートでも来るんすね」

「もう1人は誰だろう、みっちゃん、恋人でもできたのかしらね。あんたがウカウカしてるから」

「もーー！　なんでそんなこと言うんすか！　ママの悪魔！」


ここはもちぎママの屋台そば。

東京の街を練り歩き、お腹と心を空かせた誰かのもとに、しょっぱいスープと言葉を提供する、暖かな居場所だ。

3年後
ハアァ
今日も上司に注意されちゃった
ん
え
虎ノ門に屋台そば？
すげぇ初めて見た
これ満内先輩が言ってたやつかな
らぁめん

おわり

またいらっしゃい

本作品はフィクションです。

あたいのLINEスタンプを
気になるアイツに
送りつけなさい

https://store.line.me/stickershop/author/703492/ja

マンガは「pixivコミック」で
更新中！

https://comic.pixiv.net/works/5496
https://comic.pixiv.net/works/6145

いろんなところに
出没中！

もちぎママのお知らせ

最新の動向は
Twitterをチェック！

https://twitter.com/omoti194

noteでブログも
書いてるわよ！

https://note.com/motigi194

YouTubeで動くあたい
（と、あたいの飼ってるネチコヤン）
も観られるわ

https://www.youtube.com/channel/UCH57OioskQg9Ob88lLh56ww

悪魔の夜鳴きそば

2021年1月14日　第1刷発行

著　者　もちぎ

発行者　鉄尾周一

発行所　株式会社マガジンハウス
〒104-8003　東京都中央区銀座3-13-10
書籍編集部　☎03-3545-7030
受注センター　☎049-275-1811

印刷・製本所　凸版印刷株式会社

ブックデザイン　bookwall

ISBN978-4-8387-3137-4 C0095

マガジンハウスのホームページ　https://magazineworld.jp/